JN187688

セカイの空がみえるまち

Junko Kudo
工藤純子

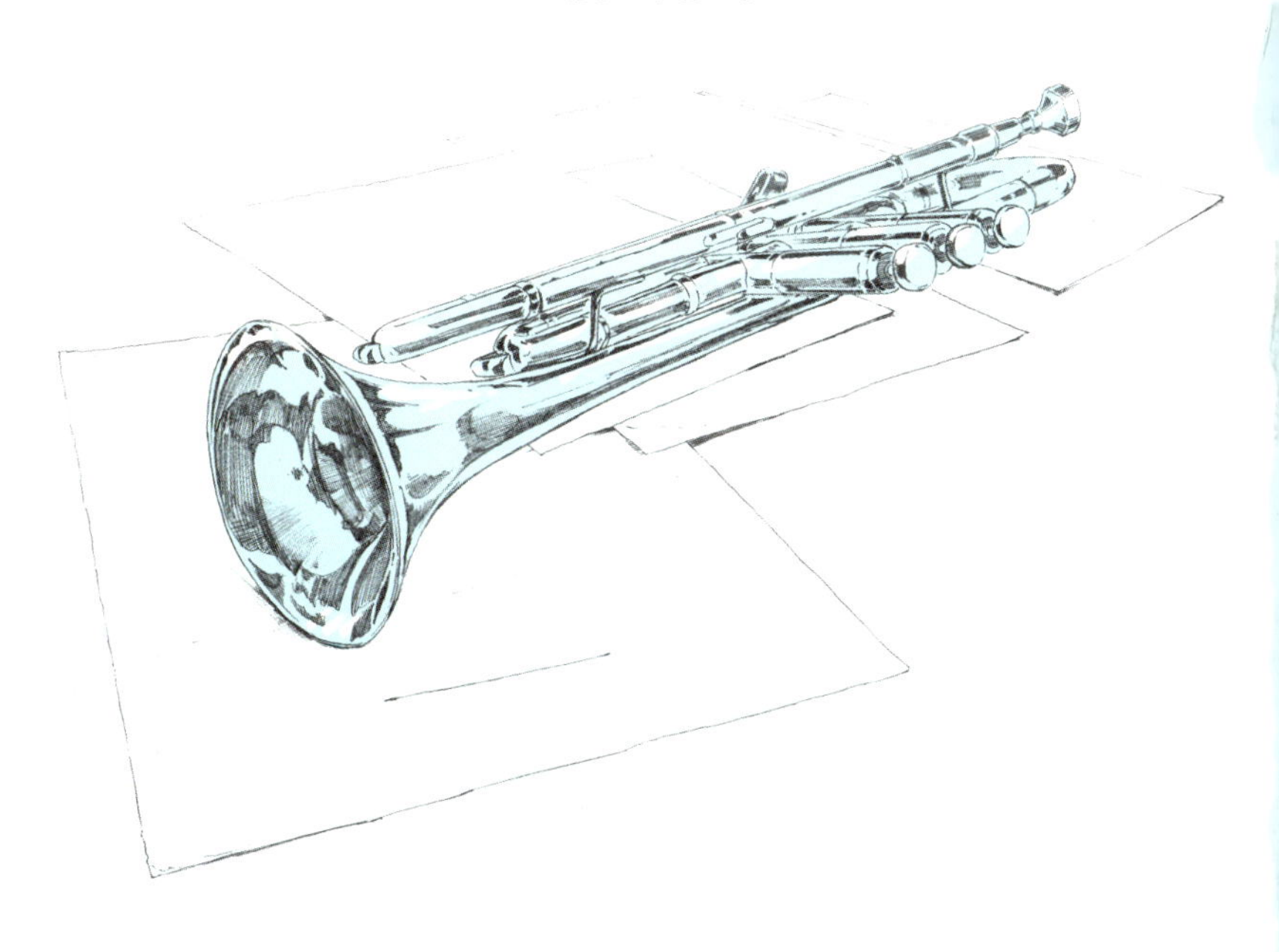

講談社

セカイの空がみえるまち

目次

1. 新大久保……藤崎空良

小さく体が揺れて、ハッと顔を上げた。

電車が止まり、次々と人が降りていく。

新宿だ！

うとうとしていたあたしは、あわてて立ち上がった。傘を忘れたことを思い出し、もう一度振り返る。学生カバンを抱えて傘をつかむと、ホームに滑り降りた。山手線の車体が、ゆっくりと遠ざかっていく。ふぅっと息をついたとたん、新宿とは違う景色であることに気がついた。

ああ、やっちゃった。

そこは「新大久保」という駅で、新宿のひとつ手前だった。

初めて降りた駅のホームにたたずむ。すぐに次の電車がやってきたけれど、乗らずにやり過ごしてしまった。

その日、部活が休みでやることもなかったあたしは、いつものルートで家に帰らずに、新宿までやってきた。さらに、ここまで来たのだからと、山手線を一周してみようと考えた。毎日の行動範囲が自宅から学校までのあたしにとって、それはちょっとした冒険のつもりだったけど、いつの間にか眠ってしまっていたなんて、ちっとも冒険になっていない。

雨もあがったし、降りてみようか。

ふとそう思ったのは、今朝、帰りが遅くなると母が言ってたことを思い出したからだ。隣が新宿である気楽さも、あたしの背中を押していた。

階段を下り、人の波にまぎれてＩＣカードをタッチする。改札から一歩足を踏み出したとたん、空気が濃くなった気がした。

なんのにおいだろう。

カレーのような香辛料の香りがする。

辺りを見回したけど、においの出どころになりそうな店はなかった。それは、左手から漂ってくるような気がする。

人の流れに身を任せ、右手の高架下を進むと、においは消えてきらびやかな店が見えてきた。雑貨屋のようなその店は、アイドルグッズのショップのようで、若い男の顔がアップで写っているうちわや下敷き、メモ帳やブロマイドなんかが置いてある。でも、どの顔にも見覚えはなかった。

吸いこまれるように入っていくと、数人の女性がグッズを熱心に眺めている。そしてその奥には、見たこともない化粧品やCD、DVDなんかが置いてあった。

場違いなところに来てしまったと店を出ようとしたとき、派手なTシャツの女性がするりと近づいてきた。

「ハンドクリーム、とってもいいよ。顔のパックも安いし、どれにする?」

一瞬、誰かと間違えてるのかと思ったけれど、どうやらその人は店員のようだった。腕をぴたりとあたしの肩にくっつけて、寄り添ってくる。化粧品のきついにおいに、むせ返りそうになった。

「あの」

思わずたじろぐと、相手はさらにぐいっと体を押しつけてきた。

「今、セール中だから、お買い得。クリーム三個買ったら、もう一個ついてくるよ」

クリームなんて興味なかった。出口に向かいたくても、相手の体が邪魔になっている。

「お土産にいいよ。友だち、何人? いるでしょ?」

店員が、持てるだけのクリームを手に取って、差し出してくる。

「友だち、いないから……」

そう言うと、店員はきょとんとして、あっはっはと笑った。

「友だち、いないのぉ？　そんなことないでしょ！」

大きな声で言われ、恥ずかしくなってうつむいた。

「あれぇ、藤崎さん！」

名前を呼ばれて振り向くと、あたしと同じ制服の子が立っていた。

誰？

「藤崎空良さんでしょ？」

フルネームで呼ばれてもわからなかった。

「やだなぁ、わたし、宮瀬あかねだよ。あ・か・ね。まだ、覚えてくれてないのぉ？」

あ……。

一週間前、二年生の始業式の日に転校してきた、宮瀬あかね。でも、まだ一度も話したことはないはず。

「待ち合わせ場所にいないから、さがしちゃった。先に見てるなら、そう言ってよ～。わたしたち、コリアンタウン見学に来たんだよね？」

「コリアンタウン？」

あかねは、突っ立っているあたしの腕に、自分の腕を絡めてきた。

「じゃあ、友だちも……」

店員が、クリームを差し出したけれど、

「わたしたち、若くてぴっちぴちだから、クリームいりませーん」

あっけらかんと言って、ひらっと手を振った。

あかねに引っ張られるようにして歩いていたあたしは、店を出て立ち止まった。

「ねぇ、ちょっと待って」

腕を振りほどいて、向かい合う。

「どうして？」

「なんか、困ってるのかなと思って」

あかねが、にやりと笑う。

「押しが強い店員だったよね。韓国人かもしれないけど、ああいうときは、はっきり断らないと買わされちゃうよ」

「韓国人？」

「そう。韓国人」

「じゃあ、コリアンタウンって……ここのこと？」

「はぁ？」

あかねは、目を見開いた。

「まさか、そんなことも知らないでうろうろしているわけ？　藤崎空良さん」

思い切りバカにされてる気がする。

「いいでしょ。いちいちフルネームで呼ばないでよ」

「じゃ、空良さんって言うね。わたしのことは、あかねって呼んで」

ずかずかと踏みこんでくるあかねに、むっとした。ついさっき、初めて話したとは思えないほど図々しい。

あたしは思い切り不機嫌に、「じゃあね」と背中を向けた。

やっぱり、ここで降りたのが間違いだった。ううん、そもそもいつもと違うルートで帰ろうとするから、ろくな目にあわないんだ。

「待ってよ」

あかねに、肩をつかまれた。

「せっかくだから、ちょっとつきあって。実は、わたしも初めて来たんだよね。東京の韓国」

「東京の、韓国？」

あらためて、街を見回した。「韓国」という文字がやたらと目につく。見知らぬアイドルも、見たこともない化粧品のパッケージも、韓国のものだからなのか。

「わたしが案内してあげるからさ」

「あなただって、初めて来たって言ってたじゃない。たしか、栃木から転校してきたんだよね？」

いぶかしげに、あかねを見つめた。

「言っとくけど、地方に住んでる人のほうが、東京のことをよく知ってるんだから」

そう胸を張るあかねに、言い返せなかった。あかねの言うとおり、あたしは東京に住みながら、東京タワーにもスカイツリーにも行ったことがない。

「さっきみたいなこともあるし、二人のほうが安全だと思うけどな。友だち、いないんでしょう？」

顔をのぞきこまれて、体が熱くなった。あかねは、あたしと店員のやりとりを聞いていたようだ。

「余計なお世話だよ」

あたしは踵を返して歩きだした。あかねがあとを追ってくる。

「友だちいないんなら、わたしがなってあげるからさ」

転校生にそんなことを言われるなんて最悪だ。あたしは、聞こえないふりをして歩きつづけた。

「ちょっと、空良さんってば！　ごめん、転校生の分際(ぶんざい)で……どうぞ友だちになってください、お願いします！　これでいい？」

あかねが、ぴたりとついてくる。

「あ、もしかして空良さんって、孤高(ここう)の人？　すごい！　今どきそんな人いるの？　絶滅危惧(ぜつめつきぐ)種(しゅ)みたい」

やっぱり、バカにしてる。

「絶滅危惧種の動物って知ってる？　トキとか、アオウミガメとか、ツキノワグマ……」

しつこく話しかけてくる声に、つい意識(いしき)が向いてしまう。そうなんだ、と頭の中にその動物が浮(う)かんできた。

「イリオモテヤマネコ、クロマグロでしょう。それと……」

あかねは、あたしのすぐ後ろで数え上げつづけた。

クロマグロって、本マグロのこと？　無視(むし)しようと思うのに、気になる。

「ニホンウナギにラッコ……」

「ラッコも？」

うっかり振(ふ)り向(む)いて、しまったと思った。

「わーい、勝った！」

あかねが、ガッツポーズをする。

「本当は、わたしも不安なんだ。さっきのお店にはもう行けないし、お願い、買い物につきあって！」

そう言って手を合わせて拝まれると、あたしにも責任があるような気がした。

「わかったよ。少しだけね」

全身から力が抜けて、息を吐き出す。あかねが、満面の笑みを浮かべた。

「わたし、韓流スターにはまってるの。グッズが欲しくて来たんだ」

韓流スターか。

テレビで見かけたことはあるけれど、あたしはまったく興味がなかった。日本のアイドルにだって興味はないけど。

あたしとあかねは、大久保通りという大きな通りを歩いた。

韓国の化粧品店、カフェ、スーパー、韓流グッズの店。韓国がどんなところか知らないけれど、この街はどこか違う空気を持っている。

「あ、あそこ、いこ！」

走りだしたあかねが飛びこんだ店には、やはりアイドルの顔写真がプリントされたグッズがたくさん置いてあった。店内には日本語じゃない歌が流れ、韓流アイドルらしいプロモーションビデオが流れている。店内にいるのは女性(じょせい)ばかりで、目を輝(かがや)かせて商品を選んでいた。

「これこれ、ユン・ソンヨン！　かっこいい～」

あかねが手にしたのは、甘(あま)ったるい顔の男がプリントされたうちわで、作られた笑顔(えがお)は日本のアイドルと変わらなかった。

「あ、今、日本のアイドルといっしょじゃんって思ったでしょ。それ、ぜんっぜん違(ちが)うから。韓流(ハンりゅう)アイドルは、かっこいいうえに純粋(じゅんすい)なんだよ。ファンにも優(やさ)しいし、偉(えら)ぶらないし、すぐ顔を赤らめて純情(じゅんじょう)で……」

あかねの韓流アイドル談義(だんぎ)は延々(えんえん)と続いた。まるで恋人(こいびと)のように自慢(じまん)している。ファンに優しいのも偉ぶらないのも、アイドルとして当然じゃないかと思うのに、それを疑(うたが)いもしないあかねのほうが、よほど純情に見えた。

あかねは目当てのものを買うと、包みを両手で抱(だ)きしめながら店を出た。

「あ～、こんなに韓国のものに囲まれてるなんて、幸せ。新大久保、最高！」

そのテンションの高さについていけないけれど、そこにいるほかの人たちも、みんな楽しそうだった。

街をぶらぶらしていると、不思議な感じがした。店員だけではなく、歩いてる人の中にも、日本人じゃなさそうな人が交じっている。一見して外国人とわかる人もいれば、見た目は日本人と変わらないけど、なんとなく違う雰囲気を漂わせている人もいた。

「わたしさぁ、東京に来たら、まずここに来ようと思ってたんだ。まさか、こんなところでクラスメイトに会うなんて思いもしなかった」

そう言って、あかねはくっくっと笑う。

「しかも店員につかまって、おろおろしてるなんて」

「おろおろなんてしてないよ」

「してたって！」

そう言い合ってると、すぐ目の前の店から、ガシャンッとものすごい音がした。店頭にあったワゴンがひっくり返って、置いてあったグッズが道に散らばっている。

店先には、若い男の人が二人、中年の男が一人、それに女性もいた。そんな状況に驚く様子もなく、店をのぞきこんでいる。

目の前に飛んできたメモ帳を拾おうとすると、続く罵声に動きが止まった。

「こんなところに置いたら、通行の邪魔だろっ。ここで商売なんかするな！」

「韓国人は、日本が嫌いなんだろーが。だったら、さっさと日本から出ていけ！」

それは、男たちの声だった。

何が起きたのかと、通行人が立ち止まり、振り返る。辺りの空気が凍りついて、後ずさる人もいた。

あかねがあたしの手をつかみ、二人で息をのんで見つめる。

何が起きたのかわからないけれど、倒れたワゴンは、わざと蹴り倒されたもののようだった。

店の中に向かってどなっていたその人たちのもとに、女性の店員が出てきた。

「何するの！」「出ていけ！」という、激しいやりとりが交わされる。

「わたしたち、日本も、日本人も好きなのに、どうして！」という店員の悲鳴のような声に、ほかの店からも一人、二人と出てきたけれど、またかというような顔をして、男たちをにらみ返すだけだった。

しだいに集まってきた野次馬の中には、顔をしかめている人もいれば、にやにやと笑って見ている人もいる。

茫然としているあたしの腕を、あかねが「いこ」と引っ張った。

その場を離れても、まだ胸がどきどきしている。

男たちの声や顔が、頭から離れない。

ワゴンを蹴り飛ばしてどなってた人たちは、ごく普通の人に見えた。見かけも印象も、取り立てて特徴があるわけでもなく、日常の中にいるような……。

そのことがショックで、現実のものとして受け止められずにいた。

「もしかして、あれが、そうなんだ」

あかねがつぶやいた。

「あれって？」

「ヘイトスピーチって、聞いたことある？」

あたしは黙りこんだ。ヘイトって……嫌いっていう意味？

「そうだ、これ見たほうが、早いかも」

そう言ってあかねは、カバンの中からスマホを取り出した。スマホは学校に持ってきてはいけないことになっている。

「これ、内緒ね」

あかねはにっと笑うと、器用にスマホを操作した。

「見て」

突き出してきた画面を見ると、ネット掲示板に、驚くほどたくさんの書きこみがされていた。

在日はすべて強制送還しろ！

歴史を書き換える韓国人はおかしいだろ!?

中国人も朝鮮人も、日本が嫌いなら出ていけ!


悪口というには、ひどすぎる。そんな意見に反対する書きこみもあるけれど、見ているだけで気分が悪くなるような、さらにひどい言葉が次々と目に飛びこんできた。

「これが、ヘイトスピーチ?」

喉がはりついて、声がかすれた。

「そうみたい。たぶん、さっきの人たちもそう。韓国や中国を嫌う人が、ひどいことを言ったりやったりして、嫌がらせしてるって。わたしもこの目で見るまで、信じられなかったけど」

さっきの場面を思い出す。店先のものを倒したり、店員を罵倒したり。そうすることが当然のように、堂々としていた。

「ワゴンを倒すなんて、犯罪じゃない」

「通報されたら、わざとじゃないって言うのかも」

そのとき、あたしの目が、スマホ画面の中の一文に吸い寄せられた。

心臓が、どくんっと跳ね上がる。

——少女までが、ヘイトスピーチに加わって……。

「え〜、何これ？」

あかねが、素早くその部分をタップすると、動画が立ち上がった。

どこにでもいそうな女の子が、街頭で声を張り上げている。

マイクを通して、ひどい言葉を投げつけている。

後ろに控える大人たちは、止めるどころかその子を利用するように、「そうだ！」「いいぞ！」とはやし立てていた。

あたしは、唇をかみしめた。

悲しみのような、怒りのようなものが、体の奥からこみあげてくる。

気分が悪くなって、吐き気がした。

「空良さん、大丈夫!?」

あかねが、あわてて動画を閉じる。

「なんか、ショックだね……わたしたちと同じくらいの子なのに」

とぼとぼと歩きながら、あかねが言った。

あたしは、ショックなのかどうかさえわからなかった。

ただ、人が人をあんなふうに攻撃することが悲しい。

「韓国が好きなわたしとしては、ああいうことしないでほしいよ。でも、ヘイトスピーチをする人たちは、言葉で言うのもネットに書きこむのも、表現の自由だって言ってるみたい」

あかねの言ったことに驚く。

「あんなひどい言葉が、表現の自由だなんて……」

「ヘイトスピーチを法律で罰してる国もあるけど、日本はまだ、そこまでの規制はないみたいだよ」

「どうして？」

「言葉や表現に対して、いいとか悪いとか判断するのって、けっこう難しいんじゃないかな」

そうか……って思いながら、それでもやっぱり納得できない。

「それじゃあ、ヘイトスピーチなんてなくならないんじゃないの？」

「そうだねぇ。攻撃するからには、理由があるんだろうけど」

肩をすくめるあかねに、むきになって言い返した。

「どんな理由があっても、許されることじゃないよ。言葉だって、人を傷つけるんだから」

攻撃する側、される側、それを見て笑っている人たち……。

そんなの、おかしい。この街は、気持ち悪い。

「空良さん、ダメだよ！」

「え？」

「あんなことで、せっかくの幸せ気分を台無しにしちゃダメ！　嫌な記憶は、いい記憶で上書きしなくちゃ」

あかねは、素早く周りを見回した。

「あれだ！」

まるで、獲物をとらえるような素早さで、あたしの手を引いていく。

あかねの向かった先はスーパーだった。入り口から、いいにおいが漂ってくる。

「これこれ。ホットクっていうの。韓国のおやつだよ。一度、食べてみたかったんだ」

無理やり、気分を盛り上げるように言った。

「へぇ……いろいろ知ってるんだね」

「韓国のことなら、なんでも聞いて。わたし、いつかソンヨンに会うために韓国に行くんだ」

「どこがそんなにいいの？」

「アイドルなんだから、顔に決まってるじゃない」

そう言い切るあかねに、苦笑した。

「ね、空良さんも食べるでしょう？」

「うん……そうだね」

あかねの言うとおり、さっきの出来事を何かで中和しないとダメな気がした。このまま帰ったら、ずっとあのシーンが頭にこびりついてしまいそうだ。

スーパーの店先で、頭に三角巾をつけたおばちゃんが、鉄板に小麦粉の生地を丸く絞り出していた。ひっくり返した生地をヘラで押すと、甘い香りとともに、ジュッとおいしそうな音がする。

ホットクは、ホットケーキみたいな生地の中に、蜂蜜やチーズやあんこを入れたもののようだ。

「アニョンハセヨ」

おばちゃんも韓国人のようだけど、その様子は朗らかで明るく、いかにも商売人といった感じだ。

あたしは蜂蜜を選び、あかねはチーズを選んだ。

「カムサハムニダ」

ホットクを受け取るとき、あかねが言った。ありがとう、という意味らしい。

「熱いから、やけどしないようにねぇ」

そう言いながら、おばちゃんは紙に包んだホットクをあたしに差し出した。あかねのようにお礼を言いたかったけど、慣れない言葉が気恥ずかしくて「はい」とだけ言って受け取った。

焼きたてのアツアツをかじると、もっちりした生地の中から蜂蜜がとろりとあふれだし、優しい甘さが口の中に広がった。

「おいしい」

思いがけない味に、自然と笑みがこぼれる。

「うん、チーズもいける」

あかねもうれしそうだった。

ベンチに並んで座り、同じものを食べ、同じようにおいしいと感じる。それだけなのに、あたしとあかねの距離が、ほんの少し近づいた気がした。

食べながら、行き交う人たちを眺めていると、「あっ」と思わず腰を浮かした。

「空良さん、どうしたの？　芸能人でもいた？」

あかねもあたしの視線を追いかける。

似ている……ううん、違う。でも、もしかしたら。

「どうしたの？　大丈夫？」

あたしは、すとんと腰を落とした。

「なんでもない」

小さく首を振る。

あの人は、あんな服は着ない。髪型だって、ぜんぜん違う。背ももっと低いし。

冷静になると、まったくの別人であることに気がついた。

もう、気にしてないつもりだったのに。

「ねぇ、空良さん」

少しうつむいたあかねが、あらたまった口調で話しだした。

「わたし、あんまり器用じゃないんだよね。知ってるのに、知らないふりとか、できなくて」

あたしは、冷めてしまったホットクを握った。きゅっと喉がふさがれて、心臓の鼓動が速くなる。

「転校してすぐに、空良さんの噂を聞いたの。忘れてたけど、今、空良さんが男の人を見てたから……」

「うん、そう。お父さんかと思っちゃった。そんなわけないのにね」

あたしは、残ったホットクを無理やり口に押しこんだ。さっきまで甘かったはずなのに、苦いような気がして顔をしかめる。

「お父さんがいなくなったのは本当だけど、それ以外の噂は嘘だよ。別に、信じてくれなくてもいいけど」

早口で言う声が震えた。

「もしかして、それで友だちがいないなんて……」

「そんなこと、どうでもいいじゃない」

半年前、あたしの父親は突然いなくなった。母と手を尽くしてさがしたけれど、見つからなくて……。

なんの手がかりもなく落ちこむあたしに、当時仲良くしていたグループの子たちが声をかけてきた。

「どうしたの？」「大丈夫？」「相談にのるよ」って。

中学になって知り合った子たちだったけど、夏休みにプールに行ったり、泊まりあいっこしたりした友だちだ。もし、その中の誰かが落ちこんでたら、あたしも同じことを言うだろうと思ったから、悩みを打ち明けた。

友だちは驚き、同情し、励ましてくれた。

「きっと帰ってくるよ」「元気出して」と……。

うれしかった。心が軽くなったし、話してよかったと思った。でも、一週間もしないうちに、学校の裏サイトに書きこまれた。

藤崎空良の父親、借金作って失踪！

家族を捨てて、女と逃げたって？

母親も警察につれてかれたらしい。

一家離散！　残念！


次々と書かれる、言葉の暴力。

それに乗っかるようにして、おもしろおかしく書きたてられた。

クラスでの噂もふくらんで、好き勝手に暴走していく。

グループの子たちは怒ってた。「誰が、あんなこと書いたんだろう」「許せない」と。

でもその話は、グループの子たちにしかしていない。

あたしが疑ったのは、あのころはやっていた「実験」を知っていたからだ。

「一度壊れたほうが、絆が強くなるらしいよ」

誰かのそんなひと言から、それは始まった気がする。

「実験」と称して、友情を測るように、グループの誰かを試しはじめた。

最初は、本当にちょっとしたいたずらのようなものだった。

たとえば、一人だけに違う待ち合わせ場所を教えて、どれくらい待っていられるか観察するとか、ある子が好きな男の子を、ほかの子も好きになったと告白して、どんな反応をするかとか。

今考えればバカバカしいと思うけど、友情という不確かなものが信じられず、みんな不安だったんだろうと思う。だんだんエスカレートしているような気がして、あたしは途中から「実験」に加わるのをやめた。

それはみんなにとって、裏切り行為だったのかもしれない。だから、より過激な「実験」を課せられたんじゃないかと疑った。

本気で怒るあたしを、グループの子たちは責めた。友だちを信じないなんて、と。

あたしは、ひとつだけ交ざった異物のように、グループからも、クラスからも弾き飛ばされた。

自分じゃなくてよかったと安堵する人たち。興味本位に笑う人たち。

そんな空気の中、あたしも自分が悪かったんだとあきらめた。

せめて父が戻ってたら、またみんなの中に入る努力もできたかもしれない。

でも、父はいなくなったまま。

だからあたしも、あのときから動けないでいる。

「ごめん、変なこと思い出させちゃって」

あかねは、申し訳なさそうにうなだれた。

「別に、いいよ」

何かが、すっと冷めていく。
人が人を、言葉で攻撃(こうげき)する。追いつめていく。
表現(ひょうげん)の自由?
笑わせんな。
この街の空気は、あのときのものと似(に)ている気がした。

2. 明大前 ………… 高杉 翔

野球部の練習が終わり、着ていたTシャツとジャージ姿のまま、オレは電車に乗りこんだ。少し汗臭いような気もするけれど、着替えるのが面倒だった。早く帰って、夕飯を食べて、ランニングをして……。

いよいよだ。

一年生が入部してきて、やっと二年生になったんだと実感がわいてくる。高ぶる気持ちを抑えるように、深く息を吸いこんだ。

一年生のころは、ろくに球にも触らせてもらえなかった。道具やグラウンドの手入れならまだしも、先輩の小間使いのようなことまでさせられて。

絶対服従。

たった一、二年遅く生まれてきたというだけで、自分より下手な先輩の理不尽な要求に従わなければならないなんて。

おかしい。どこか間違っている。

それを口にして、何度つぶされてきただろう。

生意気だというレッテルを貼られ、過剰なしごきと、表沙汰にならない程度の嫌がらせを何度も受けた。

実力で、勝負したい。

ずっとそう思ってた。

早く、一刻も早く。このくだらない年功序列から抜け出したい。そう思いつづけて、やっと二年生になった。

今年こそ。

まずは、夏の都大会、全国大会に向けて全力を注ぐ。

そのために、電車に乗って越境し、野球部の強い公立中学を選んだ。学力が高くて人気の学校でもあるけれど、オレの場合はスポーツ推薦で、甲子園常連校に進学するのが目的だ。

そして目指す先は、日本のプロじゃない、世界だ。

そう思ったとき、ぐっと背中に力が入った。

よしっ。

気合を入れて、スポーツバッグを担ぎなおし、明大前の新宿行きホームに立つ。

ふと向かい側のホームを見ると、壁によりかかって眠りこんでいる、サラリーマンふうの男がいた。髪はぼさぼさで、スーツのズボンからは、ワイシャツのすそがだらしなく出ている。

ちっと舌打ちした。

あきらかに酔っ払いだ。

まだ夕方だっていうのに、いい大人が情けないと思う。オヤジも酒に弱く、よく店でつぶれることがあって、警察から連絡がきたことも何度かあった。

だから、ああいう大人は嫌いだ。

視界から追い出そうとしたとき、その男に近づく制服姿の女が目に入った。同じ中学の制服だ。

「何やってんだよ」

思わずつぶやいた。

あんな酔っ払いを相手に、どうしようっていうんだ。周りの誰も気に留めてないのに、その女は、男に話しかけはじめた。そして思ったとおり、何かトラブルになっている。

「ったく！」

吐き捨てるより早く、オレは階段を駆け下りた。連絡通路を通り、向かい側ホームに続く階段を駆け上がる。

人をかき分けて進むと、酔っ払いは半分口を開けたまま、充血した目をぎょろりとむき出していた。

「こんなところで寝てたら、風邪をひきます」

「だから、いいって言ってんだろ」

「でも、家族の人が心配するし」

女がしつこく言葉を重ねる。

「家に居場所なんてないんだよ。このまいなくなったって、誰も気にしないさ」

そう言って、酔っ払いは意固地になっていた。甘えやがって、と心の中で毒づいて、オレは背中を向けた。あんなふうに言われたら、どんなお節介だってあきらめるだろう。

バカバカしい。

「ダメです！」

大きな声がして、振り向いた。今の、あの女の声か？

弱々しかった声に、熱がこもる。

「誰も気にしないなんてこと、ないから」

酔っ払いが、じっと女を見上げた。

もしかして、改心したのか？　と思ったら、酔っ払いの目がぎらりと光り、素早く女の腕をつかんでいた。

「そういうことかぁ。きみ、つきあってくれるんでしょ？　そうでしょ？」

口元に、だらしない笑みが浮かんだ。

女の顔が、驚きで硬直している。さっさと助けを呼べばいいものを、腕を引き抜くことに必死になっていた。

駅員を呼ぼうか迷っていると、いきなり女が、持っていた赤い傘を振り上げた。先端の金属部分が、今にも男を襲おうとしている。

嘘だろ!?

とっさに駆けよって、振り下ろされる寸前の傘をつかんだ。女のおびえたような目とぶつかる。もうこうなったら、引っ込みがつかない。

「おい、手を放せよ」

なるべく低い声で酔っ払いに言うと、間合いをとるために、肩にかけていたケースから引き抜いたバットを突きつけた。とりあえずこれで、急な攻撃に対応できるし、周囲からの注目も集められる。

酔っ払いは、女から手を放した。

「き、きみは、なんなんだ！」

何が「きみ」だよ、とあきれながら、頭を下げる。

「あ、すみません。痴漢かと思って。気分が悪いなら、駅員呼びましょうか？」

駅員と口にしたとたん、相手はうろたえはじめた。状況的に不利だとわかったようだ。

「いや、けっこうだ」

酔っ払いはふらりと立ち上がると、よろける足で歩きだした。

あらためて女を見ると、知っている顔であることに驚いた。たしか、同じクラスの……。

「ちょっと……」

「ああ、いいよ、気にしなくて」

バットをしまいながら、ひらひらと手を振る。正義のヒーローをやり遂げて、自分をほめたたえたいような気分だった。

「何すんのよ！」

は？

その女は心持ちあごをあげて、オレをにらみつけている。礼を言われることしか想定してなかったから、あっけにとられた。

「何って……オレ、おまえを助けてやったんだぜ？」

この女、正気か？

「助けてなんて、頼（たの）んでない。しかもバットで脅（おど）すなんて」

「自分だって、傘（かさ）で殴（なぐ）ろうとしてたじゃないか。あれ、下手したら大けがするぞ」

ぐっと言葉につまったところを見ると図星だ。ざまぁみろと思っていると、またとんでもないことを言いだした。

「ずっと見てたんなら、さっさと助けなさいよっ」

「おい、言ってることがおかしいだろ！」

「恩（おん）に着せようとするからでしょ！」

「そういう言い方あるか!?」

これだから、女は嫌（いや）なんだ。そうだ、こいつの名前、思い出した。藤崎空良（ふじさきそら）だ。

「とにかく、あんたなんかに……」

女の名前を思い出したことを、すぐに後悔（こうかい）した。

「おまえさぁ、始業式から一週間もたってんだけど。オレの顔も名前も覚えてないわけ？」

藤崎空良が、「は?」って顔をする。制服（せいふく）を着てないからって、それ、ありか？　ますます気持ちが萎（な）えた。

「もういい。助けて損（そん）した」

ケースにバットを突（つ）っ込（こ）んで、担（かつ）ぎなおす。

「オレは、同じクラスの高杉翔。それと」

背中を向けながら、バカみたいなお節介に言わずにはいられなかった。

「いつでも、誰かが助けてくれるなんて思うなよ」

「だから、助けてなんて言ってない！」

何人かが振り向いたけど、すぐに通り過ぎていった。

オレは怒りをぶつけるように、階段を踏みしめながら下りた。新宿行きのホームに着くと、ちょうど電車が出ていったあとだった。

くそっ、今日はついてない。

それにしても、おかしなやつだ。

一年のときは別のクラスだったから理由はわからないけど、藤崎空良はいつも一人でいる。外されてるというよりは、自分から誰にも近づかないようだ。一人が好きな女もいるのかと、珍しい動物を発見したような気分だったことを覚えている。

どうして、酔っ払いなんかに声をかけたんだろう。

教室では、他人なんか興味ないって顔をしているのに。

ま、いっか。

帰ってからのスケジュールを、もう一度頭の中で組み立てた。夕飯、ランニング、素振り……。

見上げると、オレンジ色に輝く空に、影絵のような雲がぽっかりと浮かび上がっていた。

新宿で乗り換えて、山手線に乗り、新大久保の駅で降りる。

相変わらず、騒がしい。

パチンコ店のドアが開くたびに、大音量の音楽と機械音があふれだす。雑貨の店からは韓国語の曲が流れ、通りにいる呼び込みや酔っ払いの声もうるさい。

道端には、すでに飲みすぎてうずくまっている学生がいた。

酔っ払いに声をかけてたら、キリがないような街だ。

きっと藤崎空良の住むところは、こんなんじゃないんだろうな。

そう思いながら、右手にある高架下をくぐりまっすぐ進むと、細い路地に入った。

十メートルも行かないうちに、喧噪が嘘のように遠のいていく。ねこが塀の上を歩き、無造作に積み上げられた自転車のカゴには、ゴミが捨てられていた。さらに進むと、どこにでもあるような家が建ち並ぶ住宅街になる。

薄暗い道を歩いていくと、アパートの入り口に人がいた。今どき珍しい竹ぼうきを使って、掃除をしている。

「キムさん、ただいま」

「おう、カケル、遅かったな」

「いつもと同じだよ」

そう言うと、キムさんは腕時計をのぞきこんだ。

「いや、いつもより二十三分遅い」

「ストーカーかよ」

思わず苦笑した。

「キムさんこそ、時間大丈夫? 今日は遅番?」

「ああ。でも、その前に組合の打ち合わせがある。それから仕事に行って、帰るのは朝の五時くらいになるだろうな」

「組合って、やっぱりアレ、やるんだ?」

キムさんは、新大久保にある飲食店が参加する、フードフェスティバルの責任者になっている。

「当たり前だ。この一年、フードフェスティバルのために、どれだけ苦労をしてきたことか」

過去を振り返り、感極まったように言葉につまる。

その苦労は、オレにもなんとなくわかった。ただのフードフェスティバルとはわけが違う。

新大久保に集まるいろんな国の人たちを相手に、言葉の壁や考え方の違いを乗り越えてまとめるのは、並大抵のことじゃない。

発案したのもキムさんだけど、責任者ともなれば、終わるまで気が抜けないだろう。いや、たぶん当日がいちばんたいへんなはずだ。どんなトラブルが起きるか、予想もつかない。違う国の者同士、乱闘でも起きたら、警察沙汰になるかもしれない。

「みんな、入り口近くのいい場所に屋台を出したいって、もめたんだろ？　やっぱり、いろんな国の人たちとやるなんて、無理があるんじゃない？」

同じ国だって、わかり合うのは難しい。ましてや、違う国の人間なんて。

「バカを言うな！」

キムさんは、つばを飛ばして、ほうきを振り上げた。

「じゃあ聞くが、このアパートには、どの国の人間が住んでいる」

そう言われて、オレは指折り数えた。

「えっと……。韓国、中国、台湾、タイ、フィリピン、ベトナム、イラン、トルコ」

「そうだ。それに、オマエら日本人。オレたちみんな、仲良くやってるじゃないか」

「まぁ、そうだけど、それは同じアパートだから」

「そんなの関係あるか！」

一年前にも、同じことを言ってたのを思い出した。キムさんの情熱は、一年たっても変わらないようだ。

「アパートの人間同士がうまくやっていけるんだから、新大久保の人間同士が、うまくやっていけないわけがない。それともカケルは、このまま新大久保が滅びてもいいっていうのか！」

「いや、そういうわけじゃないけど」

キムさんは、確固たる使命感を持っていて、まったく聞く耳を持たない。

「あと、心配なのは、アレだよな」

「アレか……アレは、オレにも予想がつかない」

アレで通じてしまうんだから、すごいと思う。アレは、口に出すのもはばかられるほど、衝撃的な出来事だった。

「しかし、恐れているだけでは進めない」

「うん。でも、心配だな。また、前みたいに……」

数年前、新大久保に多くの人が集まってきた。

当時小学生だったオレは、お祭りでも始まるのかと、わくわくしながら通りを見つめた。

だけどそれは、ヘイトスピーチのデモだった。街宣車からは「死ね」「殺せ」と、耳を覆いたくなるようなひどい言葉があふれだし、プラカードを持った人々が、大久保通りを埋め尽くした。

マスクやサングラスをしてる人もいたけれど、堂々と顔をさらしている人もいて……みんな、どこにでもいる普通のおじさん、おばさんに見えた。

大の大人が、感情に任せて汚い言葉を吐き出すその姿は、異様で、衝撃的で。

茫然と見ているオレの目の前で、韓国人のおじいさんが、何かを叫びながら飛び出していった。

すると、拡声器を持った人たちがいっせいに取り囲み、おじいさんをぐいぐいと道の端に追いつめていった。倒れこんだおじいさんの上に、さらに暴力的な言葉を降り注ぐその人たちを、警官隊が押しとどめ……。

オレのほかにも、見ている子どもがいた。それでも、大人たちはやめなかった。

――人の悪口を言っちゃいけません。

いつも大人は、そう言ってなかったっけ?

なぜだろう。大人たちの言うことは、いつだって矛盾している。せめて子どもの前でくらい、立派な姿を見せてほしいのに。

デモ隊と警官隊がぶつかり合う混乱の中、誰かのひじがぶつかって、オレは尻もちをついた。

飛び交う罵声。「差別するな!」と中指を立てる通行人。

そこには、怒りと憎しみしかなかった。

何も見たくない。何も聞きたくない。

ぎゅっと体を縮めて、目をつぶり、耳をふさいだ。

それまでにも、酔っ払い同士が殴り合うような光景を見たことはあった。けれども言葉の暴力は、それと同じくらい……いや、それ以上の力を持っているように思えた。

オレも純粋な日本人じゃないことは、そのころからなんとなくわかってた。

だから、怖かった。

新大久保を覆う憎悪や怒りが、もし、自分に向けられたら……。

そう思うと、ガクガクと震えた。立ち上がることもできなかった。

助けて、助けて、助けてっ。

そのとき、ぐいっと腕を引っ張り上げられた。

恐怖で目を見開くと、険しい顔をしたキムさんがいた。人ごみをかき分けながら、オレを抱きかかえるようにして、家に連れ戻してくれたのを覚えている。

そのとき、初めて知った。日本人の中には、外国人……特に韓国人や中国人が、日本に住むことを、よく思っていない人がいるらしいということを。昔からある歴史上のいさかいや、今起きている領土問題が原因らしい。

それから、新大久保のデモは規制されたようだけど、それでも嫌がらせをする人をたまに見かける。

どうして、あんなことが起きるのか。

まったく、わからなかった。たとえ歴史的ないさかいがあっても、領土問題があっても、キムさんや今いる外国人には、なんの関係もないのに。

オレの中にも、外国人の血が混じっているかもしれない……。

そう思うと、あのときの恐怖がよみがえった。

オレは、何もしていない。

その国の人間というだけで差別されるのは、ぜんぜん納得できなかった。

そんなことがあったのに、キムさんの決心は固い。

新大久保に住む外国人同士は手を取り合って、一致団結できる。ヘイトスピーチをする人たちにも、自分たちの存在を理解してもらえると信じて、一直線に突っ走っている。

オレは、そんなキムさんを応援することしかできない。

「まったく、カケルのように後ろ向きな人間と話してると、気分が悪くなる」

キムさんはぷんぷん怒りながら、一階の自分の部屋に戻っていった。

もしかして、オレが帰ってくるまで、待っててくれたのか？

憎まれ口を反省しながら、階段に足をかける。

「翔ぅ～、メシ、できてるよぉ」

二階から、オレの隣人が声を張り上げてきた。

家族の人が心配するし……か。

藤崎空良の熱のこもった声が、耳に残っている。

あいつは、そういう家で育ってるんだろう。でも悪いが、あのときだけは、酔っ払いのほうに同調している自分がいた。

心配しない家族だっているんだ。

「ひとみー、腹減った～！」

カンカンカンと音を立てて、錆びついた階段を駆け上がった。

3. 吹奏楽部……藤崎空良

「そ〜らさん、おっはよ！」

すぐに離れていくだろうと思ったのに、一週間が過ぎても、あかねはあたしの周りをうろうろしつづけた。

あたしから話しかけることはしないし、気の利いた返事をするわけでもない。それなのに、ますますべったりとまとわりついてくる。

「あたしといると、みんなから相手にされなくなるよ」

そう言っても、「そっかなぁ?」とうそぶく。実際、あかねは転校してきて、もうクラスにとけこんでいた。

田舎から出てきて都会に馴染めない天然キャラを作り上げ、何をしても「しょうがないなぁ」と笑って許される。浅く広く、誰とでもうまくつきあう位置を確保して、要領よくやっていた。

「実はね、『藤崎さんって変わってるから、つきあわないほうがいいよ』って言われた」

「ふぅん」

予想してたけど、少しは傷ついた。

みんなにしてみれば、あたしの父親の噂なんて一時的な好奇心で、とっくの昔に忘れているんだろう。二年生になってグループの子たちとも違うクラスになったっていうのに、いつまでも引きずって、みんなを避けつづけているのはあたしのほうだ。

でも、だからといって、変わり者扱いなんて。

「だから、わたし、言ってやったの。『わたしは平凡だから、変わってる人って憧れちゃう！』って。そしたら、黙りこんじゃったよ」

くくっと笑い、あかねは一段、声を落とした。

「親切ぶって声をかけてくる人って、最悪だよね。一人じゃ何もできないくせに、悪役になる根性もなくて」

そのとおりだけど、それを口にするあかねも大胆だ。

「ねぇねぇ、朝、いっしょに行こうよ。明大前で待ち合わせすればいいでしょ？」

「待ち合わせるなんて、面倒」

「空良さんは、好きな時間に来ればいい。わたしが、ずーっとホームで待ってるから。それならいいでしょ？　ね？」

「ずーっとって」

まるで、子犬にまとわりつかれているような気分だ。

「いつでもどこでも連絡が取れる現代で、ただ待ちつづけるって、おもしろいじゃない！」

そこまで言われると、断る理由も思いつかなかった。

「だって、帰りは部活があって時間が合わないし。そういえば、空良さんって吹奏楽部だったよね？　だったらわたしも……」

「それはダメ！」

言い終わらないうちに、あたしはあかねにぴしゃりと言った。

「うちの部、二年生の初心者を受け入れるような余裕ないから」

うちの中学は、運動部はもちろんだけど、文化部もそこそこの成績を上げている。吹奏楽部も、全日本吹奏楽部コンクールの全国大会出場を狙っていた。軽い気持ちで入れるような部活じゃない。

「簡単にできるような楽器はないし、今から始めようなんて……」

なんとかあきらめさせようとするあたしに、あかねはふふっと余裕の笑みを返した。

「わたし、前の学校で、クラやってたんだ」

「クラリネット？　吹奏楽部だったの!?」

　吹奏楽は、ある程度人数がそろわないと部活として成り立たない。だから、吹奏楽部がある中学はあまりなくて、あたしはわざわざ越境してこの中学を選んだ。

「うん。空良さんはきっと……トランペット？」

　図星だった。

「どうしてわかった？」

「まっすぐで、どんな困難にも立ち向かっていく体育会系なのに、繊細なところもあってめんどくさい性格。当たってる？」

「めんどくさいって……ぜんぜん当たってないよ。その嘘くさい楽器の性格判断、あかねが作ったんでしょ」

　むっとして言うと、あかねはぺろっと舌を出して「ばれた？」と笑った。

「でも、半分くらいは当たってると思う。わたしだって吹奏楽やってたから、なんとなくわかるんだ。楽器と性格って、関係が深いんだよねぇ」

「じゃあ、あかねはなんなのよ」

「わたし？　クラリネットは、どんなことも要領よく乗り越える、オールマイティ派だよ」

　なんだ、それ。

自分ばっかり都合よく解釈しちゃって。

でも、なんでだろう。

あかねの押しの強さや、遠慮のない言い方が嫌じゃない。

「とにかく、今日、吹奏楽部の見学に行くから、よろしく!」

あかねにぱんっと肩をたたかれたとき、教室の後ろから大きな声が聞こえてきた。

「今年は、絶対に優勝するからさ。そしたら、スポーツ推薦も取りやすいし、甲子園だって……」

あれは、高杉翔だ。あの事件のせいで、すっかり名前を覚えてしまった。バットを持ってたのは、野球部だったからかと、いまさらながらに気がついた。

夢とか、目標があるんだ。

この学校の野球部は、強くて有名だ。毎年、甲子園の常連校に引き抜かれているらしい。だから、レギュラーになるのはたいへんだと聞いたことがあるけれど。

「大リーグの年俸ってすごいよな」

続いて聞こえてきた声に、興ざめした。

なんだ、お金が目当てなのか。

「空良さん、どうしたの?」

あかねは、あたしの視線を追った。

「ははぁ、高杉翔が気になる？」

「そんなわけない」

すぐに否定して、視線を戻した。あかねが、ふ～んと意味深な顔をする。

「それならいいけど、あいつは、やめといたほうがいいんじゃない？」

「どうして？」

「う～ん、なんとなく」

あかねは言葉をにごした。転校してきたばかりなのに、すでにいろんな情報を仕入れて、あたしよりもクラスの人のことを把握している。

だから、きっと……。

クラスから浮いてるあたしのことなんて、そのうち相手にしなくなるに決まってる。そう思うと、少しだけ寂しい気がした。


放課後の音楽室は、たくさんの音であふれている。

あたしとあかねは、楽器を演奏している人や譜面台をよけながら、音楽室の奥に進んだ。

「懐かしいなぁ、この雰囲気！」

あかねが、きょろきょろしながら声を弾ませた。

その気持ち、わかるな。

演奏したことのある人なら、雑音と言われてもおかしくない騒々しさにさえ、気持ちが高揚してしまうはず。さまざまな楽器のぶつかり合うような音も、ひとたび指揮棒が振られれば、美しいハーモニーになることを知っているからだ。

指揮台の前に座って、スコアを見ていた部長の野上さんに、あかねを紹介した。

「ぼくは、クラリネットのパートリーダーで、部長の野上達也です。よろしく」

いかにも好青年といった野上さんが、にっこりと笑った。細身で芸術家っぽいけれど、はきはきとした言い方は爽やかで頼りがいがある。女子からも人気があった。

「経験者に入ってもらうと助かるなぁ」

「でも、わたし、下手だし……」

見学に乗りこんできたときの勢いが嘘のように、あかねはおとなしく、もじもじとしていた。

「謙遜しなくていいって。もうすぐコンクールだし、即戦力だよ」

「あの、がんばります！」

あかねは、上目づかいで頭を下げた。いちおう見学ってことになってるけど、野上さんもあかねもすっかり入部する方向で話を進めている。

「じゃあ、宮瀬さんは、ぼくについてきて」

「はいっ！」

あかねの張り切った声に、あたしは唖然とした。頬をピンク色に染めて、野上さんを見る目があきらかに違う。

わかりやすすぎる……。

あかねと別れて、音楽準備室から自分のトランペットを持ちだし、練習場所の講堂に向かった。基本的に、練習のやり方も方針も、各パートに任されている。トランペットのパートリーダーの中村さんは、結果さえ出せば、あれこれ口を出さずに自由にやらせてくれた。

教室と違って、自由に息ができるような気がする。

トランペットという楽器の特性か、あたし以外、全員男子だった。女子が多いクラリネットやフルートは、女子同士のいさかいが絶えないと聞く。

女子に対する苦手意識は、部活でも同じだった。

「一年生、集まって」

中村さんから指導を頼まれていたあたしは、散らばって練習していた一年男子を呼び集めた。

体育着を着た一年生が、ささっと五人並ぶ。顔にはまだ幼さが残っていて、ずいぶん年下に見えた。

ついこの間まで、あたしもこうだったに違いない。それなのに、自分が指導する立場になるなんて不思議だ。

「腹筋は終わった？」

「はい」という声がそろう。

「じゃあ、一人ずつ、腹式呼吸をやってみて」

お腹に手を当てると、とたんに男の子の顔が赤くなった。意識されると、やりにくいんだけどなぁ。

ランニング、腹筋、スクワット。基本練習は運動部と変わらない。トランペットは体力がないと、音を出しつづけることだってできやしない。たしかに体育会系だなと、あかねが言ってたことを思い出した。

「最初は、マウスピースだけで練習して。吹くときの唇の形はこう。正しく覚えてから、本体をつけて吹くこと。じゃないと、変なくせがつくからね」

そう言ってにらむと、何人かがうつむいた。

勝手に本体をつけて吹いてたのはわかっている。そういうあたしも、一年のころは先輩に隠れて吹いてたから。

「がんばろうね」

トランペットから音が出たときの感動を、みんなにも味わってもらいたいと思いながら、声に力がこもった。

その日、あかねは最後まで練習に参加して、野上さんから新入部員だとみんなに紹介された。


校門を出ると、もう六時を回ってて、日が暮れかけていた。金色に照らされた雲が、何層にも重なって空を焦がしている。

「あ〜、久しぶりでおもしろかったぁ。空良さんも楽しかった？　ペットのパートリーダーって、ちょっと怖そうだね」

あかねの声は一オクターブ高くて、あきらかにはしゃいでた。

「中村さんは、無愛想だけどいい人だよ。あかねは……まぁいいか」

「え〜、何それ。言いかけてやめないでよぉ」

あかねは、駄々っ子のように身をくねらせた。

商店街のお惣菜屋さんから、いいにおいが漂ってくる。あたしはそちらに気を取られているふりをしながら、興味なさげにさらりと言った。

「野上さんのこと、気に入ったんでしょ」

「え？」

心底驚いたように目を丸くすると、あかねはみるみる顔を赤くした。

「どうして？　なんでわかるの？」

「わからないわけないよ」

当然のように言うと、「え〜」と恥ずかしそうにうつむいた。そんな素直なところが、少しだけうらやましい。

「ね、野上先輩って、ユン・ソンヨンに似てると思わない？」

「あの……韓流アイドルの？」

「そう！　最初見たとき、びっくりしちゃった。目元とかそっくりで」

そう言われても、ピンとこない。

「それ、思いこみだと思うけどな」

「そんなことない！　うりふたつ！　腹違いの兄弟かも！」

否定するのもバカバカしくて、「はいはい」って言うしかない。

「……空良さん、ありがと」

ぽつんとつぶやいた声が、赤い空にしみていく。

「何が？」

「空良さんが吹奏楽部じゃなかったら、わたし、入部する勇気出なかったもん」

「あたしは何も……」

「本当は、転校してきて不安だったんだ。今までも、あんまりいいことなかったし」

あかねの頬に、影が差した。明るかった表情が消えて、瞳が寂しげにゆらいでいる。

いつもと違う様子にあわてた。

何か、言わなきゃ。でも、何を言えばいいのかわからない。

どうしたの？　大丈夫？　それとも、相談にのるよ？

どれもこれも嘘っぽくて、喉の奥がひりひりして、言葉にならなかった。

「いいことよりも、悪いことのほうが、記憶に残るんだって」

かろうじて、そう言う。

「忘れているだけで、本当はいいことだって、たくさんあったんじゃないかな……」

言った言葉が、そのまま自分に返ってきた。そんなのは、なんの慰めにもならないとわかっているくせに。

どうしてあたしは、こんなつまらないことしか言えないんだろう。あかねは、話を聞いてほしいはず。もっと具体的な言葉を返してほしいはずなのに。

「……そうだね。なんか、そんな気がしてきた」

あかねの表情が明るくなって、きゅっと目を細める。

ほっとすると同時に、泣きたいような気持ちになった。

あたしはいつまで、こんな自分でありつづけるんだろう。


上北沢は、京王線の各駅停車だけが止まる駅で、閑静な街だ。

駅前にはスーパーやコンビニがあり、昔ながらの商店街が続く。南口には桜並木があって、この間は桜まつりをやっていた。駅から十分ほど歩いたところに、あたしの住んでいるマンションがある。

リビングのソファに座りながらテレビを見ていたあたしは、テーブルの上に飾られた花に気がついた。何か、特別なことでもあったんだろうか。

「学校はどう？」

夕飯の片づけをしながら、母が聞いてくる。

「うん、まぁまぁ」

クイズ番組で、芸能人がおかしな答えをして笑いをとっている。興味はないけど、母と向き合うのも気まずくて、見ているふりをした。

「高校はどうするの？」

公立と私立、どちらを選択するかという意味だと思うけど、家の経済状況を考えれば、公立にしたほうがいいんだろうなと思う。

「わからない」

「遠慮しないでいいんだからね。家のローンも払い終わってるし、お父さんの退職金もあるし」

突然、父のことが出てきて動揺した。父よりも、お金のほうが大事というような口ぶりも引っかかる。

「それより、仕事のほうはどうなの？」

父がいなくなってから、母は以前勤めていた損保会社に再就職した。母が不在の家に帰るのは、まだ慣れない。

手を拭きながら母が隣に座ると、ソファがわずかに沈みこんだ。

「おかげさまで順調。知ってる人もいるし、けっこう楽しいよ。社会とつながってるって実感できるのが、いちばんうれしいかな」

母の横顔をちらっと見ると、その笑顔に無理はなかった。安心すると同時に、もう楽しみを見つけている母にいらだちも感じた。

「お父さんの、ことだけど」

一瞬、テレビから笑い声が消えて、ザーッという雨の音が耳についた。

「お父さんが勤めていた会社の人から、電話があって……」

「やめてよ」

テレビを見つめたまま言葉をさえぎると、母は困ったように言った。

「そんなに、お父さんのことを嫌わないで」

「あたしは嫌ってない。お父さんが、あたしのことを嫌いなんだよ」

「それは違う。お父さんは、何より空良をたいせつに思ってて」

母の言葉が、空しく通り過ぎていく。

「そんなの、信じられない」

感情を抑えようとすればするほど、あたしの声はうわずった。


父は、あたしから見たら機械オタクだった。

電機メーカーで通信機器のエンジニアをして、一年中機械のことばかり考えていた。

休みの日も、ご飯を食べているときでさえ、設計図を横に置き何かを考えている。そんな父だったから、いっしょにどこかに出かけるということも少なかった。
記憶に残る父との思い出といえば、小学四年生の夏休みの自由研究だ。レモンに導線をつないで明かりをつけるという実験で、これなら理系の父に手伝ってもらえるとずる賢く考えたところもあるけれど、父といっしょに何かをするという初めての体験に、わくわくしたのを覚えている。

レモンの特性を生かして、電気を流してみるという単純な実験のはずだったのに、父はどんどんのめりこんでいった。あたしの自由研究であることも忘れ、実験によって生まれる電圧を、細かく、しつこくはじき出す。そしてレモンだけでは飽きたらず、こんにゃくや鶏肉といった夕飯のおかずにまで手を出して実験し、母にこっぴどく叱られた。

さらに提出した自由研究は、誰の目から見ても大人の手が入ったとわかるようなもので、これまた先生から注意を受けた。

そんな父だったから、あたしから話しかけなくなると、自然と会話もなくなった。中学になると、なぜか父のことがうっとうしいような気がしたし、自分のことに精いっぱいで、父に対する関心も薄れていった。

そんな父が、ある日、会社を休んだ。

三十八度の熱があっても会社に行くような父だったから、よほど具合が悪いのかと母が心配した。あたしも関心がないふりをしながら、内心不安だった。

会社を辞めたと打ち明けられた母は、心底びっくりしていた。そしてあたしは、母が何も知らされていなかったことにも驚いた。

はじめは父らしくない冗談かとも思ったけど、三日たち、一週間たち、十日を過ぎると、母は一方的に父を追及しはじめた。

「これからどうするの？」「何を考えてるの？」と言う母に対して、父は要領を得ない感じで、のらりくらりとかわしていた。

母はいらいらし、父はぼんやりしている。そんな状況に、あたしの不満もつのっていった。

あの日、父はリビングで熱心にテレビを見ていた。海外の小さな村を紹介する番組だったと思う。家の中がぎすぎすしている原因が、自分だとわかっているのかと、その怒りをぶつけた。

「家にいないでよ！」

そう言うと、父はテレビを消して立ち上がり、あたしに向かって寂しそうに笑った。それから気がつくと出かけていて、それっきり、帰ってこなかった。

次の日も、その次の日も。

携帯もつながらず、母とあちこちさがして、警察にも届けた一週間後、「そのうち帰る。心配しないで」というはがきが、都内の消印で届いた。

事故にあったわけでも、帰る気がないというわけでもないとわかって一時は安心したものの、月日だけが過ぎてゆく。そのうちというのが、いつまでなのかもわからないまま、半年が過ぎた。

――家にいないでよ！

そう言ったことを何度も後悔しながら、それで出ていった父を恨んだりもした。


テレビの笑い声に、また現実に引き戻された。

「お父さんが、どうして会社を辞めたのか、ずっと気になってたの」

母は、それが自分のせいだとでもいうようにうなだれた。

「それで、お父さんの部下だったたって人に会って、お話を聞いたこともあったんだけどね」

「そうなの!?」

驚いた。母にそんな行動力があったなんて、思ってもみなかった。

「たいした話をしたわけじゃないの。ただ、お父さんの会社での様子を聞いたりして」

あたしは黙ってうなずいた。

「その人が言うには、お父さんは、強い理想を持ってたって」

「理想って？」

聞くと、母はふっと口元をゆるませた。

「わからない。でもお父さんは、利益を追うより社会に貢献するべきだとか、そんなことを言って、上司とぶつかることが多かったそうなの。それで思い出したんだけど……」

考えこんで、記憶を手繰り寄せるように話しつづける。

「お父さん、結婚する前に、海外で仕事がしたいって言ってた。外国の貧しい村の人たちの暮らしを楽にしたいとか、そんな夢を持ってたなって」

「へぇ……」

父らしいなと思う。どこか浮き世離れした父は、日本の技術が世界を救うんだと、本気で信じているようなところがあった。それはまるで、自分自身が世界を平和にするんだと言ってるようで、しらっとした覚えがある。

「それって、外国に行っちゃったってこと？」

「まさか」

すぐに、母は笑いながら否定した。

「外国に行くわけないじゃない。それに昨日、その同僚の人が電話をくれて、お父さんに似た人を新宿のハローワークの近くで見かけたっていうの」

「ハローワーク？　何それ」

あたしには聞きなれない言葉だった。

「仕事を探すところ。昔は、職業安定所っていったんだけど。お父さん、きっと仕事を探してるのよ。見つかったら、帰ってくるかも」

母の声が弾んだ。

飾られた花の意味が、わかった気がした。

4. 野球部……高杉　翔

五月の連休明け。

おぼろげだった景色がくっきりと姿を現し、若葉の香りを含んだ風が辺りを包みこんだ。ようやく登校してきた生徒が、フェンスの向こう側にぱらぱらと見えてきた。野球部は毎日朝練があって、すでに汗だくになっている。フェンスの向こうとこっちでは、まるで世界が違って見えた。

グローブにこぶしをたたきつけた部員が、「バッチコーイ！」と叫ぶ。何人もの声が校舎にぶつかり、反響する。みんなで戦っているという、この感じ。この一体感が、オレはたまらなく好きだ。

「木下、ちょっと」

声をかけると、運動着を着た一年生があわてて走ってくる。グラウンドの隅に招いてひょいっと球を渡すと、戸惑ったようにオレと球を見比べた。

「投げてみろよ」

「え、でも……」

「グローブ、取ってくれば？」

グローブがないから迷っているのかと思ったけど、そうではなかった。木下は、ちらちらと二、三年のほうを見ている。

「大丈夫だって。オレがいいって言ってるんだから」

木下は、小さいころから野球チームに入ってて、ずっとエースだったらしい。うちの部は、たとえ経験者でも、半年間は球拾いや基礎トレーニングと決まっている。オレも同じ目にあったから、ずいぶんと悔しい思いをした。その間はグローブやバットに触れることもできず、叫びたくなるほど苦しかった。

だからこそ、自分が二年に上がった今、なんとか部の体質を変えたい。経験者だけじゃなく、未経験でも、できるやつにはどんどん実践的な練習をさせたかった。

そのことを三年の先輩や顧問の定森に訴えつづけているけれど、いまだに実現していない。

そのとき、罵声が聞こえてきた。

「おい、おまえらなめてんのか！　腕立て伏せ百回！」

二年生で同じクラスの山本信一が、一年生に向かってどなった。

「どうしたんだよ」

オレが駆けよると、あからさまに嫌な顔をした。

「なんでもない。球拾いをサボった罰だ」

三人の一年生が、泣きそうな顔で腕立て伏せを始めた。

「だからって、百回は厳しいだろ。まだ、体だってできてないんだ。おまえだって、それで泣かされてきたはずなのに」

「じゃあ、二百回だ」

山本は、ぼそっと言った。一年生の顔がますますゆがむ。お願いだから、余計なことを言ってくれるなと訴えているようだった。

「定森にばれて、また問題になったらどうすんだよ」

野球部は厳しすぎるんじゃないかと、ＰＴＡからやり玉にあげられることがある。そのたびに、今ではお偉いさんになってるＯＢの力を借りたり、口裏を合わせたりしてごまかしてきた。

「そのときは、おまえが責任とれば？」

山本が、にやりと笑う。二年生のエースで球は速いけれど、重さがないから見切られると簡単に打たれてしまう。三年生が抜けたあと、ピッチャーに不安があった。

そのとき、オレの肩越しを見た山本の目が、するどく光った。

「木下ぁ！　グローブ、誰がつけていいって言った！」

駆けてきた木下は、びくっとしてグローブを落とした。おどおどしながら、オレの顔を見る。

「オレが、持ってこいって言ったんだ」

「はぁ？　一年は、まだ球拾いって決まってんだろ。勝手なことすんな。三年が聞いたら……」

「なぁ、もうやめよう。古臭い決まりとか、伝統とか。山本だって、わかってんだろ。うちの弱点が」

「ピッチャーが弱いって言いたいのか？」

山本が、感情のない目でオレを見た。わかってほしいと思っても、その目はかたくなに、にらみ返してくる。

「おまえの考えはわかった。先輩に伝えとく」

そう言って向けた背中からは、怒りしか伝わってこなかった。

仲間のためとか、そんな崇高なものじゃない。ただ、自分のために、勝てる野球部にしたかった。山本だって同じ気持ちのはずだと思っていたけれど、あいつは頭がいいから、野球は内中をよくするための手段にすぎないと噂で聞いたことがある。

まさか本当に、あいつにとって野球はその程度のものなのか？

「くそっ！」

足元に転がってきた球をつかむと、オレは思い切り握りしめた。


部活帰り、ホームで電車を待っていると、山本たちがやってきた。山本は、三年生が引退したあとの主将候補になっていて、それを理由にすり寄っていくやつらが何人もいる。ホームで二年生がふざけながら押し合っているのも、体の小さい一年生に荷物を持たせているのも気に入らない。でも、それを口にすれば、また言い合いになるだけだ。

電車が入ってきて、ドアが開いた。

野球部なら、立って足腰を鍛えろと思うけど、山本たちはそんなことおかまいなしで座ろうとする。

オレは、山本たちが向かった先の席に、ひょいっとカバンを放り投げた。すかさずにらんでくる視線に、「悪い、悪い」と手をあげる。

とりあえず、席は確保した。

さらにきょろきょろと車内を見回していると、いぶかしげに見つめてくる視線の中に、藤崎空良がちらっと見えた。痛いくらい、にらまれてる気がする。

オレは逃げるようにして、隣の車両に移動した。

優先席の前に、白髪のおばあさんが立っていた。座ってスマホをいじっている大学生くらいの男は、何も目に入らないようだ。

「おばあさん、こっちに席がありますよ」

声をかけると、おばあさんは驚いたように顔を上げた。辺りに空席がないことを確認して、首をかしげる。

「こっち、こっち」

その手を引いて、オレは隣の車両に連れていった。足元がおぼつかなくて、そろそろとしか歩けない。その体を支えるようにして、やっとたどり着いた。

「こちらへどうぞ」

カバンを取って席をあけると、おばあさんはにっこりと笑って「ありがとね」と座った。

山本たちが、ひそひそ言い合って笑っているけれど、そんなことは気にならなかった。オレは、ドア横に立っている藤崎空良に声をかけた。

「よぉ、一人なんて珍しいじゃん。いつもいっしょにいる、あかねちゃんはどうしたの？」

あれから、なんとなく気になって、目で追いかけるようになっていた。一人でいた藤崎空良が、いつの間にか転校生の宮瀬あかねとつるむようになったのを見て、なぜかほっとした。

一人が好きな人間はいくらでもいるし、オレ自身もそうだ。仲間とつるまずにはいられないのもうざいけど、藤崎の場合は、そのどちらとも違うような気がした。

「あかねは、用事があって早退した。それより、さっきから何やってんの?」

そんなふうに言ってくる女子は初めてだった。どうも女は苦手で、ついぶっきらぼうになるせいか、避けられることのほうが多い。でも藤崎はオレを怖がるどころか、かなり強気で、やっぱりヘンなやつ。

「オレさぁ、一日一善って決めてるんだよね」

そう言っておばあさんのほうを見ると、藤崎はあきれた顔をした。

「まさかそのために、カバンを投げて席取りをするなんて、常識外れなことをしたわけ?」

「常識外れは、ほかのやつらだ」

つい、声が大きくなった。目の前に老人がいるのに、立とうとしない若いやつらのほうが常識的なんて、絶対に認めない。

「それに、ああでもしなきゃ、あいつらに席を取られるもん」

オレは口を突き出して、山本信一たちの集団をあごでさした。山本信一はわが物顔で、優先席に座って両足を投げ出している。立っている部員たちも、つり革にぶらさがったり、パンを食べたり、やりたい放題だ。

大人たちは、眉をひそめるだけで誰も注意しない。

「学校に通報されたら、野球部の名に傷がつくとか考えないのかよ」

オレのつぶやきに、藤崎が反論する。

「あれじゃあ、どこの学校かもわからないよ」

そう言われれば。

学校名や部活がわかりそうなものを、すべてスポーツバッグに押しこんでいるようだ。その姑息さが、余計癇に障った。一年生たちは、二年生のふるまいを横目で見ながら、荷物を持って突っ立っている。あいつらが二年生になったとき、きっと同じことをするだろうと想像できた。

「ったく、しょーがねぇなぁ」

言いながら足を踏み出したとたん、ぐっと腕をつかまれた。

驚いて顔を向けると、藤崎が眉を寄せていた。

あのときと同じだ。他人に興味がないふりをしてるけど、けっこうお節介だ。

「あれ？　心配してくれんの？」

思わず、にやっとしてしまう。藤崎は戸惑ったように、すぐにその手を放した。

「心配なんてしてるわけない。あんただって、あいつらと同じ野球部じゃない」

……だよなぁ。

まぁ、おかげで本気モードになった。言っても無駄だと思っていた自分が恥ずかしい。何度だって、言いつづける。オレの代で、悪習を変えてみせる。

「おい」

車内の視線がいっせいに集まる。

「おめーら、いいかげんにしろよ。人の迷惑考えろ」

緊張が走って、そそくさとパンをしまう者や、つり革から手を放す者もいた。でも山本信一だけは腕を組んだまま、ギロリとオレをにらみ返した。

「おまえ、次の主将になるんだろ？　もっと自覚したらどうだ」

そう迫っても、態度は変わらない。

「余計な口を出すな。そっちこそ、オレが主将になったときのこと考えとけ」

「なんだとっ」

空気が張りつめて、誰もが様子をうかがっていた。

山本とにらみ合ったまま、電車は明大前の駅に着いた。でも、先に目をそらすことなんてできない。すると、背中をとんっとつかれた。藤崎が、そのままホームに降りていく。

このままじゃ、埒があかないことはわかっていた。だから「今日のところは許してやる」といった態度で、藤崎に続いて電車を降りようとした。

すると、ホームに足を踏み出したとたん、山本の取り巻き連中が、挑発するように中指を突きたてた。

「バーカ！」

「女に助けられたな！」

次々と飛んでくる野次に、体がかっと熱くなる。

「んだとぉ！」

ホームにカバンを投げ捨てると、車内に飛びこんでいく勢いで、一歩二歩と足を踏み出した。さっきまで粋がってたやつらが、目を丸くしていっせいに下がる。

そのとき、ガンッと頭を殴られた。

いって〜……。

違う。閉まりかけた扉に、頭がはさまっていた。

いったん扉が開いて、ふらりと後ずさると、再び閉まった。

閉じた扉の向こうで、腹を抱えて笑い転げるやつらが見える。電車は何事もなかったように去っていった。

くっそぉ！

悔しすぎて、声にならない。

恥ずかしすぎて、顔も上げられない。

痛すぎて、両耳を押さえてうずくまった。

「大丈夫!?」

藤崎の声がすぐ近くで聞こえたけど、頼むから、どこかに行ってくれと願った。

さっきまでの勢いが、急速にしぼんでいく。

女の前で、かっこつけようなんて思った罰だ。

いや、かっこつけようとしたわけじゃ……。

頭を抱えながら、まだ言い訳している自分がみじめだった。

「かっこ悪ぃ」

ため息とともに、声が漏れた。

「え？」

「……オレ、かっこ悪くて、笑えるな」

できることなら、今すぐここから消えたい。藤崎だって内心では、すぐにでも立ち去りたいと思っているはず。

行っていいよと、顔を上げようとした。

「そんなことないっ」

藤崎の強い口調に驚いて、言葉をのみこんだ。隣に座りこんで、スカートのすそを握りしめている。

「あたしだって、あいつらに言ってやりたかった。でも、言えなかった。だから、かっこ悪くなんてない！」

そろそろと、顔を上げる。

「マジで？　かっこ悪くなかった？」

「うん」

藤崎の目は真剣そのもので、その場を取りつくろったようなものではなかった。

なんか、うれしい。

まだじんじんと痛む両耳から手を離すと、藤崎の唇がわずかにゆがんだ。わざとしかめつらをして、ふきだしそうになるのを必死でこらえている感じ。

「ひでぇ。やっぱ、笑ってんじゃないか」

オレが顔をのぞきこむと、「だって……耳……赤いし」って言いながら、とうとう笑いだした。つられてオレも笑ったら、さっきまでの恥ずかしさなんて吹っ飛んだ。

藤崎空良……笑えるんじゃん。

教室では、いつも不機嫌そうな顔をしてたから、その笑顔を見て得したような気分になった。

次にやってきた電車から、人が降りてきてじろじろ見られたけど、気にならなかった。

今、この瞬間は、誰にも邪魔されたくない。

オレと藤崎は、人目も気にせず、いつまでも笑っていた。

5. オーメンズ・オブ・ラブ……藤崎空良

春の日和を謳歌するように華やいでいた景色が、少しずつ、しっとりと落ち着いていく。白くくすんだ空からは、絶え間なく雨が降り注ぐようになり、梅雨入りしたとニュースで告げられた。

心が軽くなるような季節でもないのに、いっしょに登校するあかねから、「ふん、ふ、ふ、ふ～ん」と、鼻歌が流れてきた。

それは、吹奏楽でよく演奏される、定番の曲。

「なぜ、オーメンズ・オブ・ラブ？」

「この曲、テンション上がらない？　木管は、連符の指使いが難しくて、泣かされるけど。でも、最後の壮大さとか、たまらなくいい。ハッピーエンドって感じで！」

あかねは、演技過剰に両手を広げた。

「ハッピーエンドねぇ。でも、それが本当にエンドかどうかなんて、誰にもわからないじゃない。実は、不幸の始まりかもしれないし」

「空良さんって、案外皮肉屋だよね。もしかして、妬いてる？」

「妬いてるって……」

眉を寄せると、あかねはさっと視線をそらした。

「オーメンズ・オブ・ラブって……恋の予感。あ、もしかして」

言いかけると、あかねは顔を赤らめながら、きゃ～っと足踏みした。

「もうっ、空良さんには、隠しごとできない！」

あかねは、野上さんとデートしたこと、告白されたことなんかを、はにかみながら話しはじめた。それはもう、恋の予感というより恋のまっただ中で、聞いてるあたしのほうが恥ずかしくなってくる。

「野上さん、ユン・ソンヨンよりかっこいいかも！」

「ふーん」

「つきあえるなんて夢みたい」

「へぇ」

「ちょっと空良さん、真面目に聞いてる!?」

「聞いてるよ。よかったじゃない」

告白とかつきあうってことが、あたしにはまったく縁のないことに思える。すると、あかねは前に回りこんできて、あたしの両肩に手を置いた。

「わたし、空良さんのことも応援してるから」

「あたし？」

「そう。ステキな彼氏を見つけて、ダブルデートしよう！」

カレシって言葉が、外国語のように聞こえる。誰かが誰かを好きなんて話は、今までもたくさんあった。でも、あたしはいつだって聞き役で、自分のことに置き換えられない。

「あたしはいいよ。あかね、お幸せに」

すまして答えると、「もうっ」と言いながら、遠慮がちに口を開いた。

「……それで実は、水曜日だけ、たっちゃんといっしょに帰ってもいい？」

たっちゃん？　少し考えて、野上さんのことだとわかった。

「当たり前じゃない。毎日帰ったら？」

当然のように言うと、あかねは勢いよく首を振った。

「それはダメ！　わたしと空良さんの友情は別だよ」

あかねの剣幕に、思わずたじろいだ。

「なーんて。本当はたっちゃん、とっても恥ずかしがり屋だから、いっしょに帰るのは週に一日って決めたの」

そう言って、舌を出す。それだけが理由とは思えない。きっとあかねは、あたしに気をつかっているんだ。

そう思うと、心のどこかがちくりと痛んだ。あたしはあかねに対して、友情を感じているんだろうか。友情というものがなんなのか……いや、他人と関わるということがどういうことなのかさえ、今ではわからない気がする。

「あかね……」

「うわぁ、野球部、朝からがんばってるねぇ」

校門をくぐると、フェンスの向こうに広々とした校庭が見えた。野球部のうめくようなかけ声が、校舎にぶつかって反響している。二年生、三年生は、ノックやピッチングの練習、一年生はランニングをしていた。

あれ？

一年生の後ろについて、翔もランニングをしている。

どうして……。

「高杉翔、また何かやらかしたんじゃない？」

あかねが、あたしの視線を察したように言った。

「何かって、何？」

「さぁ。でも、ずいぶん先輩ににらまれてるらしいよ。上下の風通しをよくして、野球部を改革するんだって、息巻いてるみたい」

「改革？」

あたしは、走っている翔を見つめた。

「それよりも、自分のこと考えればいいのにね。わかんないなぁ」

あかねはそう言うけれど、電車での出来事を思い出し、あたしには翔の気持ちがわかる気がした。

突然、翔が立ち止まった。背中をわずかにのけぞらせ、ひざから崩れ落ちる。「え？」と思っていると、そばに球が転がっていた。

「今の見た⁉　あいつ、わざと球をぶつけてた！」

あかねはフェンスに駆けよって、まるで自分がぶつけられたように顔をしかめている。

あたしもフェンスにしがみついた。翔は肩の辺りを押さえて、まだ動かない。

周りにいる、誰も手を差し伸べようとしなかった。それどころか、にやにやと笑って見ている人もいる。

「がんばれ。立て……。立てっ」

フェンスを握りしめ、自分でも無意識のうちにつぶやいていた。

うずくまっていた翔が、ゆっくりと立ち上がる。腕を回して、確認するように球が当たった辺りを押さえた。

振り返りながら、転がっていた球を拾う。野球帽で顔は見えないけれど、ただならぬ気配を感じた。

「やだ、乱闘になるんじゃない？」

あかねが、あたしの腕をぎゅっとつかんだ。

翔は、握りしめた球をじっと見つめている。

「球を返せよ」

あれは、たぶん三年生だと思う。大声で言いながら、横柄な態度で翔に近づいていった。

「野球部を改革するだって？　何様のつもりだ」

ほかの三年生も後ろについて、ふんっと鼻で笑っている。

「おまえの親、日本人じゃないって本当か？　だったら、日本から出てけよ！」

翔の肩が、びくっと揺れた。

球を握りしめたまま、動かない。三年生がすぐ近くまで来て、「おいっ」と手を伸ばすと、

「イヤだ！」とはじかれたように走りだした。

「これは、オレの球だっ」

小さな子どものような言動に、みんながぽかんとする。

「待てぇ、こらぁっ」

我に返った三年生が、追いかける。人の間を縫うように、翔が逃げていく。

一人、二人と走りだす。そのうち、野球部のほとんど全員がそれに加わって、翔を追い回しはじめた。翔は機敏な動きで次々に人をかわし、グラウンドじゅうを走り回って逃げている。

方々で土煙があがり、校庭の景色を茶色く染めていった。

「何、あれ」

「バッカじゃない?」

いつの間にか野次馬が増えて、フェンスにしがみつき、よじ登っている者もいた。

「逃げろ〜!」

「そこだ! 行けー!」

翔に味方する者、捕まえろと野次を飛ばす者、わけもわからず盛り上がっている。そのうち先生もやってきて、大勢で鬼ごっこをしているような騒ぎになった。

「いこ」

未練がましく見ているあかねを引っ張って、あたしはそっとその場を離れた。

ふっと、口元に笑みが浮かぶ。

あいつは、大丈夫。

そう思った。


昼休み、メモ帳を手に、あかねがやってきた。

「空良さん、だいたいわかったよ」

突然言われて、首をかしげる。あかねに何か頼んだ覚えはなかった。

「翔のことだよ。気になるんでしょう？」

そういうことか……と思いながら、首を振る。

「気になってなんかないよ。今朝だって、あんなところに、たまたま出くわしただけだし」

「そっか。それならよかった」

そんなふうに言われると、かえって気になる。

「わかったって、何が？」

「やっぱり気になってるんじゃない。えっと……」

どこで調べたのか、翔の成績は中くらいだとか、しょっちゅう先生に呼び出されてるとか言いはじめた。

「それと、住んでいるところは新大久保」

「新大久保？」

あかねと行ったことを思い出す。人と店ばかりで、生活感はまるでなかった。

「あそこに、住宅街なんてあったっけ」

「人がいるんだから、住宅だってあるでしょう？　それで、悪い仲間とつきあってるっていう噂なんだよ」

あかねは、あたしの様子をうかがうように言った。

「悪い仲間って誰？」

「さぁ。でも、野球部の先輩たちもそんな噂のせいで、本格的には手が出せないみたい。親が日本人じゃないとか言われてたのも、新大久保には外国人がたくさん住んでるせいかもね」

あたしは眉をひそめた。噂の無責任さ、恐ろしさを誰よりも知っている。

「バカバカしい」

そう言い捨てると、あかねはふふっと笑った。

「空良さんの、そういうところも好き」

「そういうところ？」

「周りにも、噂にも振り回されず、自分の見たままを信じようとするところ」

あかねは、にんまりと笑った。そんなんじゃないのに。

あたしはただ、噂というものが嫌いなだけだ。

居心地が悪くなり、無理やり話題を変えた。

「あかね、新宿のハローワークとか、職業安定所って知ってる？」

「え……ハローワークって、あの、仕事を探すところ？　どうして？」

なぜかあかねは口ごもり、うろうろと目を泳がせた。

「ほら、あかねって、東京に詳しいって言ってたから」

「そんなの……、ガイドブックにだって載ってないよ」

暗い声で、投げやりに言う。不思議と、空気が重く沈んだ。

「翔に聞いたら？　新宿って新大久保から近いし……知ってるかも」

あかねは取りつくろうように言った。

でも、翔に聞けるわけがない。

あたしは、そのことを忘れようと思った。

部活が終わる時間になってもまだ明るくて、ずいぶん日が伸びてきたと感じる。

明大前の京王線ホームに立っていると、二本のレールに西日が反射して、まっすぐに続く道のようにきらめいていた。

ふと顔を上げると、向かい側のホームに翔が立っていた。ズボンをだぼっとはきこなし、白いワイシャツの下からは、赤いTシャツがのぞいている。

「よぉ！」

視線を外していたあたしはびっくりした。向かい側とはいえ、上下線分の線路をはさんでいるから、それなりに距離がある。にもかかわらず、翔は大声で話しかけてきた。

「なぁ、どこに住んでんの？」

聞こえないふりをして無視すると、もっと大きな声で同じ質問を繰り返してきた。

「おーい！　聞こえないのぉ？」

返事をしないと、さらに声が大きくなりそうだ。

「上北沢……」

「はぁ？」

翔は片方の耳を突き出して、聞こえないという素振りをする。

「上北沢！」

あたしは、やけになって大声で答えた。周りの人が、こっちを見ている気がする。早く電車が来ないかと、そわそわしながら線路の先を見た。

「ふ〜ん、いいとこに住んでるんだな」

よく響く翔の声が恥ずかしかった。いいところという意味がわからない。上北沢は、普通の住宅街だ。

「オレんちのほうは、ゴチャゴチャしてるから」

そう言われて、つい「新大久保？」と聞いてしまった。翔はうれしそうに、「お、知ってんだ？」と言った。

そのとき、遠くに電車の姿が見えた。各駅停車の京王八王子行きが、ぐんぐんと近づいてくる。

翔との会話は、これでおしまい。

それなのに、電車が入ってくる寸前、あたしは叫んでた。

「ねぇ、聞きたいことがあるの！」

そう言うと同時に、電車があたしと翔をさえぎった。扉が開いて、たくさんの人が降りてくる。

乗りこむ人の波に押されかけたあたしは、とっさにそこから抜け出すと、階段を駆け下りた。

今度は、新宿方面の階段を駆け上がる。

はぁはぁと肩で息をすると、新宿行きの電車が出たあとだった。首筋に、汗が流れ落ちる。

行っちゃった……。

「何言ってるか、聞こえなかったから」

ハッとして振り向くと、翔が立っていた。

待ってて、くれたんだ。

息が切れて、どきどきして、うまく言葉が出てこない。

「あの、職業安定所って……ハローワークって、知ってる？」

必死さを押し隠すために、てのひらに爪を食いこませた。

あたしって、バカだ。どうして翔に、こんなことを……。

「知らないことも、ないけど」

「知ってるの!?　どこ？」

食いつくように聞くあたしを、翔は不思議そうに見た。

「もう閉まってるかもしれないけど、帰る途中だし、今から行ってみる？」

「今から？」

再び鼓動が速くなった。父に会ったらどうしようとか、行っても無駄かもしれないという不安が押し寄せる。

でも、場所だけ聞いても、一人で新宿の街を探せる気がしなかった。

だったら、今。

あたしは、翔の目を見てうなずいた。翔もそれ以上、深くは聞いてこなかった。

次に来た新宿行きの電車に、二人で乗りこんだ。部活のことや先生の悪口や、たわいもないことを話していると、同じ制服の女子がこちらを見てささやきあっていた。

好奇に満ちた視線には慣れている。

今はそれよりも、行く先に何があるかということのほうが重要だった。

6. 職業安定所……高杉 翔

新宿は、いつだって混んでいる。通勤通学の時間帯はもちろんだけど、それ以外も、買い物客や、新宿を経由していく人でごった返していた。

新宿東口の連絡通路に向かう改札に入ると、あふれるほどの人が足早に歩いていた。

これだけの人がいても、それぞれが自分の歩くコースを迷いなく進んでいる。秩序を乱すことなく、スイッと流れに乗るように自然と歩きだす。

生まれてずっとここに住んでいるオレにとっては、そんなことは当たり前にできることだと思ってた。でも、藤崎空良を見ていると、そうでもないんだとわかる。まるでエスカレーターに乗るタイミングを計るように、なかなかその流れに乗れないでいた。少し行って振り向くと、すぐに視界から消えてしまう。

これじゃあ、いつまでたっても進まないと思って待っていると、スーツを着たサラリーマンの肩に顔面をぶつけてた。

うわ、鼻の頭が赤くなってる……。

「大丈夫?」

「ぜんぜん……大丈夫」

強がってるけど、目に涙をためている。

「つかまれば?」

恥ずかしいけど、それ以外思い浮かばなくて、ぎこちなく腕を突き出した。

「いい」

断られて、腕の行き場をなくすと、ますます恥ずかしかった。

「迷子になるじゃん」

つい、言い方がきつくなった。うつむきながら、オレのカバンに触れるように手を伸ばす藤崎に、言い過ぎたかもと反省した。

ゆっくりと、歩きだす。新宿から新大久保まで、オレの足だと十五分くらいだ。その途中、やや新大久保寄りに職業安定所がある。少し迷ったけど、電車賃ももったいないし、新宿から歩いていくことにした。ＪＲのホームに続く階段下の通路を進んで、もう一度改札を抜けると、上りエスカレーターに乗る。

駅ビルのガラス戸を押し開けて表に出たとたん、きらびやかなネオンが見えた。駅に背を向けて進むと、スタジオアルタの大画面が見える。地下よりはマシかと思ったけど、地上も同じくらいたくさんの人がいた。空はすでに薄暗いというのに、新宿の町は昼間よりも明るい。

アルタを横目に道を進むと、カラオケや居酒屋が入る雑居ビルが建ち並ぶ。

ふと隣を見ると、藤崎の顔が硬くなっていた。カバンを握る手にも、力が入っているように見える。

「あ、ほら、警察官もたくさんいるから、危なくないし」

安心させようと思ったのに、ますます顔がこわばった。

困ったなと思いながら、ため息をつく。考えてみれば、オレだって、女と二人でこんなところを歩くのは初めてだ。

とにかく、早く目的地の職業安定所を目指すしかない。

でも、どうして職業安定所なんだ？

何度か聞こうと思ったけど、聞けなかった。あまりにも切羽つまった顔をしてたから、聞いてはいけないような気がした。

靖国通りに出ると、その向こうに、遊園地のアーチのような看板がある。でっかく「歌舞伎町一番街」と書いてあった。どうして、こんな目立つものを建てたんだろう。大人にとって、ここは遊園地みたいなものなのかもしれないけど。

会社帰りに集まってきたサラリーマンにまぎれて、横断歩道を渡った。大学生くらいの集団もいる。アーチをくぐろうとしたとき、「ちょっと！」と引っ張られた。

「ここを通らないといけないの？」

藤崎の責めるような口調に戸惑った。

「新宿から帰るときは、いつもここを通るんだ」

そう言うと、藤崎の顔がさっと赤く染まった。なんだよ、その反応。

「ごめん。こんなところ、初めてだから」

ちぇっ、と心の中で舌打ちした。こんなところで悪かったなと、意地になる。

オヤジが小さいころは、この辺はスクールゾーンでもあったというから驚きだ。そのころは、何も隠さず明け透けで、子どもは見て見ぬふりをしてたという。時代は変わってかなり改善されたようだけど、中途半端に隠すもんだから、余計に好奇心をかきたてられてしまう。

マンガ喫茶、カラオケ、パチンコ、怪しい店、さらに怪しい店。いつもなら気にならないのに、藤崎がいっしょだというだけで、居心地が悪かった。通行人を呼び止める男、道端に座りこんでいる若者。みんなが好奇の目で、こちらを見ているような気がする。

「オレがいるから、大丈夫だ」

自分を励ますように言った。

「あたしは平気」

藤崎がそう答えたとき、後ろから、ドンッと小突かれた。

「よぉ、翔じゃねぇか」

いって〜と思いながら振り返ると、ガラの悪そうな中年男が立っていた。藤崎がおびえたように後ずさる。無理もない。だらしない無精ひげに、汗と垢で汚れたTシャツ、擦り切れたズボン。いかにも怪しい。

「おまえ、最近何やってんだよ。ちっとも顔出さねぇで、冷たいじゃねぇか。おかげでうちは負けっぱなしでよ。いいかげんリベンジしないと示しがつかねぇ。今度、殴り込みに行くから、そのときは翔も……」

こちらのことはおかまいなしで、つばを飛ばして話しつづける相手を押しとどめた。

「すいませんけど、その話は、また今度に」

「あぁ？　なんだよ、つれない……ってまえ、デート中かよ！」

やっと藤崎の存在に気づいたように、大げさに驚く。

わざとらしい……。

「あーあー、そういうことか。それじゃあしょうがねぇな。うまくやれよ、この野郎！」

もう一度オレの頭を小突くと、にやにやしながら行ってしまった。

どうしてこういうときに限(かぎ)って、会いたくない人間に会ってしまうのか。

再(ふたた)び歩きだすと、「誰(だれ)？」と藤崎が聞いてきた。

「知り合い」

手っ取り早い言い方を選ぶと、いきなり藤崎が立ち止まった。

「信じてたのに……あかねの言ってたこと、本当だったの？」

「なんのことだよ」

「悪い仲間とつきあってるって」

「悪い仲間？」

言ってることが、さっぱりわからなかった。すると藤崎は、おもむろに後ずさりはじめた。

「やっぱり、帰る」

くるりと背中(せなか)を向けて、来た道を戻(もど)ろうとする。

「おい、ちょっと待てよ！」

驚(おどろ)いて手を伸(の)ばすと、藤崎はダッと走りだした。わけもわからず、追いかける。

人、ネオン、奇声(きせい)が、行く手を邪魔(じゃま)した。

やっぱり、連れてこなきゃよかったと後悔(こうかい)した。

ここではぐれて、何かあったら……。

制服姿を見失いかけて目をこらすと、パリッとしたスーツを着た男に、藤崎が呼び止められていた。

まずい、と直感した。

ここでは、どんなにまともな格好をしてたって、いや、まともな格好をしているからこそ、怪しいやつがわんさかといる。

相手が差し出した何かに、藤崎がおずおずと手を伸ばそうとする。オレは、とっさにその手をつかんだ。

「おいってば！」

わざと乱暴に引っ張って、男の体から放した。

「オレが悪かったから、怒るなよ」

「なんだ？　おまえ」

銀縁メガネの柔和な顔から、するどい声が飛んでくる。やっぱり、まともじゃない。

「こいつ、オレのツレなんで。ちょっとケンカしちゃったんです、すんません」

メガネの男に頭を下げると、オレはさりげなく藤崎の手を握った。

そのまま、大股で歩きだす。背中に視線を感じて、汗が流れた。

偽スカウトマンか、おかしなものを売りつける営業か……。歌舞伎町のスピーカーからは、うるさいくらいに犯罪に対するアナウンスが流れている。

「こちらは、新宿警察署です。最近、歌舞伎町では、風俗店を騙った詐欺被害が多発しています」

「客引きによる、キャッチ詐欺が急増しています。道路でお金を渡す行為は、たいへん危険です」

さまざまなバリエーションで、延々と続く。

目の前にある看板には「客引きは100％ぼったくりです」と書かれていたけれど、いたずらされて、「0％」に書き換えられていた。

どんなにアナウンスを流しても、看板を立てても、犯罪はおさまらない。

オレはちらっと後ろを見ると、藤崎に向かって「走るぞ！」と言った。

ネオンや人が、みるみる後ろに流れていく。もう一度振り返り、メガネ男の姿がないことを確認すると、やっと息をつくことができた。

「ああいうやつらは、近くに仲間がいるから」

逃げるなんて情けないと思われたくなくて、言い訳のように言った。

「痛い」

そう言われて、藤崎の手を握りしめていることに気がついた。藤崎の手は、信じられないほどやわらかくて華奢だった。何度も、マメができたりつぶれたりを繰り返しているオレのてのひらは、固くてざらっとしている。まるで違う生物のようだ。

「あ、悪い」

あわてて手をゆるめたけど、また逃げ出されたらと思うと、完全には放せなくて……。

「勝手に離れるな。ここは、おまえの住んでいる住宅街とは違うんだ」

「わかってる。そんなの」

ちっともわかってないと思い、振りほどこうとする手を握り直した。

「放してよ」

「ここを抜けたらな」

「何よ……偉そうに」

思い切りにらまれた。さっぱりわかんねぇ。何をそんなにイラついてるんだと言いたくなる。

「放さないなら、叫ぶから」

「やってみろよ」

やけになって、放り出すように手を放した。もう知るもんかという気持ちで、いっぱいになる。オレには関係ないじゃないかと、自分にも言い聞かせた。

「ここで叫んで、誰か助けてくれるか、試してみればいい」

そんな度胸もねぇくせにと、余計なひと言まで飛び出した。

藤崎は前かがみになると、思い切り息を吸った。

「わぁぁぁぁ――――っ」

驚いた。本当に、道のど真ん中で叫びやがった。しかも、すごい声……。

何人か振り返ったけど、おかしな女に関わりたくないとばかりに顔を背ける。叫び声は、雑踏から一瞬で消え去った。

腹の底から、笑いがこみあげてくる。

ヘンな女。くくっと笑いをかみ殺して近づくと、藤崎はすとんとしゃがみこんだ。

「大丈夫か？」

オレもあわててしゃがみこむ。

「……すっきりした」

「へ？」

「なんか、もやもやしてた。戸惑ってばかりで」

そっか……。

こういうところに、慣れてなかったんだよな。叫びだしたくなる気持ちも、わからないでもない。

「それにしても、すげぇ声だな」

「部活で、腹式呼吸してるから」

「なるほどなぁ。近くに、警官がいなくてよかったよ」

「あ、そうだね」

そう言って、はにかむように笑う藤崎に、どきっとした。

一瞬目が合って、かぁっと顔が熱くなる。

なんなんだよ、これ！

さっと立ち上がると、藤崎も続いた。「行こう」と歩きだす。

「あのさ、さっきの悪い仲間って、なんのことだ？」

「ごめん。もういいの」

藤崎はため息をついた。

「噂なんて信じないなんて言いながら、結局、振り回されてるなんてバカみたい」

そう言う藤崎は落ちこんでて、だいたい話の見当はついた。

「そうでもない。オレ、悪い仲間っつーか、胡散臭い知り合い、たくさんいるし」

口にすると、新大久保の知り合いの顔が、次々と浮かんだ。

「さっき会った、ガラの悪いおっちゃんさ、あれでも、少年野球チームの監督なんだ」

「え、そうだったの!?」

藤崎の驚き方に、やっぱり怪しい人間だと思っていたかと苦笑した。まぁ、あの風体じゃなぁ。

「オレも世話になってたし、たまに行ってコーチしてるんだけど、最近忙しくて行ってなかったから」

「……そっか」

藤崎は、いろいろ考えているみたいだった。

「ちょっとショックだな。見た目や噂で判断したくないって、ずっと思ってたのに」

「あれじゃ、しょうがないかな。それにこの辺は、みんな疑ってかかったほうがいい。物騒だからさ」

言いながら、少し寂しさを感じた。そんな考え方は嫌だけど、今までの経験からいって、そう考えるしかない。

目に見えるもの、見えないもの。どれが正しくてどれが間違っているか、判断するのは難しい。だから、疑って考える……寂しいけど仕方ない。

「でも、この辺もどんどん変わってきてるんだ。あそこには、ゴジラが顔をのぞかせているでかいホテルができたし、あっちこっちが建設ラッシュだし。オリンピックまでに、もっときれいな街になるんだろうな」

景色も人も変わる。それはうれしいような気もするし、悲しいような気もした。

しばらく歩いて、たくさんの車が行き交う大きな通りに出ると、オレは立ち止まった。

「ここが、職安通り」

そう言って、さらに通り沿いに歩いていく。日が暮れた中、そのビルはひっそりとしていた。

見上げると、「ハローワーク」という文字が、緑色に光っている。入り口は閉まっていて、ビルの中も暗かった。

いったい、藤崎はここにどんな用事があるっていうんだろう。

「アレ？　カケル、何やってんの？」

名前を呼ばれて振り向くと、リュックを背負った色の浅黒い、東南アジア系の男がいた。目と目が合って、笑顔になる。

「お、元気？」

そいつは、道を尋ねられて話しているうちに、気が合って仲良くなったタイからの留学生だ。明るく朗らかで、タイ語を教えてもらったこともある。

オレがハローワークに来たことを告げると、思わぬことを言われた。

「えー、そうなの？」

オレが驚いても、まったく気にしない様子で、にこにこと笑っている。

「カケル、いいやつ。ヨロシクネ」

藤崎にまで愛嬌を振りまいて、手を上げて行ってしまった。

オレは少し戸惑いながら、藤崎に声をかけた。

「今、あいつに聞いたんだけど……ここって、おもに外国人を相手にする窓口みたいなんだ」

「外国人？」

「ああ。日本人が仕事の相談に行くのは、西口にある新しいほうらしい。藤崎が何をしたいのか、わからないけど」

オレが口ごもると、藤崎は理解したようにうなずいた。

「そうなんだ。じゃあ、向こうだったかな」

やはり目的とは違ったみたいだけど、あまりがっかりした様子もない。

「悪かったなぁ。ここまで連れてきて、こんなんで」

「ううん、ここじゃないってわかったし」

そう言って、藤崎はもう一度ビルを見上げた。思いつめたような顔をして、何も言わない。

何を考えているのかわからない。

二人でぼんやりしていると、おもむろに、五、六人の男が入り口付近に集まってきた。紙袋の中から、一升瓶やつまみを取り出して、わいわいとビルの前に座りこむ。オレたちが遠慮がちに下がると、乾杯して酒盛りを始めた。

行くところもやることもないといった輩が、閉まったビルの前で、酒を酌み交わす。来る日も来る日も仕事を求めて、それでもなお、仕事が見つからなくて……。寂しさを分け合うように、寄り添っている。

「あの人たち、帰るところ、ないのかな」

藤崎がつぶやいた。顔色が悪い。そういえば、明大前の酔っ払いにも、そんなことを言ってたっけ。

「大丈夫か?」

「うん」

うつむいた藤崎は、苦しそうだった。何か、重いものを抱えているように見える。

「こっち、来たら?」

座るところもないから、植え込みにもたれかかった。自動車のテールランプが、流れては消えていく。

どんな理由かわからないけど、藤崎の気が済むまでここにいようと思った。見慣れた景色、聞きなれた音。それなのに、隣に藤崎がいるだけで違う気がする。藤崎が落ちこんでるっていうのに、オレの心は、いつもより浮かれているようで……。

「ごめん、もういいよ」

しばらくして、藤崎はスカートのすそをはらった。さっきよりも、すっきりした顔をしている。

「藤崎って、強いんだな」

なんとなく、そんな言葉が出た。「え？」と首をかしげる視線とぶつかって、あわてて言葉を重ねる。

「ここからだと、新大久保の駅のほうが近いんだ。そっちから帰る？」

時計を見ると、もう七時だった。あまり遅くなると、家の人が心配するかもしれない。藤崎もうなずいた。

「駅まで送っていくよ。うち、すぐそこだから、カバン置いてってていい？」

そう言って、オレは歩きだした。横断歩道を渡って、細い路地に入る。

歌舞伎町とは逆に、ひっそりとしていた。アパートや一軒家が並ぶ住宅街になる。

二人で歩いていると、誰かとすれ違うたびに、藤崎は振り返った。なんだろうと思って、

「ああ」と納得する。

「この辺、外国人がたくさん住んでるんだ。ここは、韓国人が多いかな」

新宿から新大久保にかけて、韓国料理の店がたくさんある。夜になると焼き肉の店が繁盛しているし、酒を飲みながらイケメンのダンスショーを見られる店もあった。

「あれは？」

藤崎が指さしたのは、ゴミ捨て場の看板だった。日本語以外の言葉が書かれている。

「あれ、韓国語。ハングルっていうんだ」

あらためて聞かれると、日本なのに日本語以外の言葉が、日常の中で使われていることの不思議さを感じた。藤崎は興味深そうに見入っている。好奇心丸出しできょろきょろしてたと思ったら、ふいに顔を伏せた。

あ……。

「あの、もうすぐだから。もうちょっと行くと、大きな通りがあって……」

見慣れているはずなのに、汗がふき出ておしゃべりになる。そこは、ホテルが建ち並ぶ通りで、「休憩」「Ｓｔａｙ」といった文字があちこちにあった。

自然と足が速くなる。オレと藤崎は、ひたすら前を目指した。

「ここだよ」

ヨーロッパの城のようなホテルに背を向けて、古いアパートを指さした。階段の手すりは錆びているし、洗濯機は外置き。壁には蔦が絡まっている。

中に入ろうとすると、アパートの暗がりから、ぬっと人が出てきた。

「あ、キムさん、ただいま」

オレが言うと、藤崎も恐る恐る頭を下げた。

「今日も、四十七分遅いぞ」

そう言ってキムさんは、ちらっと藤崎を見た。

「女と遊んでる暇があったら、練習にはげめ」

「そういうんじゃないし、うっさいな」

藤崎の手前もあり、強気につっぱねた。

「それでキムさん、何してんの？」

ずんぐりした体形で、両手に大きな袋を持っている姿は、マンガに出てくる泥棒みたいだ。

「ゴミの分別をしてたところだ。最近引っ越してきたヤロウ、まだわかってない」

「キムさんは、細かすぎるんだよ」

「何を言う。ゴミの分別、何より大事。牛乳パックは洗って開いて乾かす。ペットボトルはキャップとラベルをはずして、すべてリサイクル。エコだ、エコ！」

「エコねぇ」

肩をすくめると、キムさんはにやっと笑った。

「そうそう、上で、鬼が待ってるぞ。オレは日本に来て、初めて鬼を見た」

鬼？

またか、とため息をついて、階段を上った。藤崎もあわてたようについてくる。ホテルから出てきたカップルと出くわして、下にも居づらかったようだ。

二階の奥からひとつ手前のドアに鍵を差しこむと、藤崎に聞かれた。

「誰もいないの？」

「ああ、オレ、一人で住んでるから」

そう言ったとたん、隣の部屋のドアが勢いよく開いた。

「翔っ、遅いじゃない！　頭痛薬買ってきてもらおうと思ったのに！　アイタタタ……」

長い髪の女が、頭を押さえて飛び出してきた。すそがぴらぴらした黒いスリップから、白い肌が透けている。驚いている藤崎を見て、女はひょいっと片眉をあげた。

「うっせーな。オレは、おまえの召し使いじゃねーぞ！」

オレは、ドアの内側にカバンを投げ入れて、もう一度向き合った。キムさんの言うとおり、鬼みたいな形相をしている。

「あんた、わたしにそんなことを言えた義理なの？　誰が、飯を食わせてやってると思ってる！」

半裸のような姿で仁王立ちされると、もう抵抗のしようもなかった。ここはさっさと用事を済ませたほうが、話が早そうだ。藤崎のことは心配だけど、まさか取って食ったりはしないだろう。

「悪い、すぐに戻ってくるから」

藤崎に素早く言って、金を受け取り、階段に向かう。すると、体の大きな男がのっそりと上がってきて、ぎくりとした。

くそっ。

うつむきながら、全身をこわばらせる。

すれ違った瞬間、思わず顔をしかめた。

オヤジ、また、酒を飲んでる。

「おい」

呼び止められたけど、オレは無視して階段を駆け下りた。

7. 大久保公園……藤崎空良

翔がいなくなると、女の人は腕を組んで、値踏みするようにあたしをじろじろと見た。

「ねぇ、翔が帰ってくるまで、うちで待ってたら？」

少し迷ったけれど、うんと言わないと、女の人はいつまでもスリップ姿で廊下に立っていそうだった。

「お邪魔します」

あたしは、おずおずと部屋に入った。玄関を入るとすぐに台所があって、その奥に二つ部屋がある。ピンクの水玉カーテン、白いタンス、真っ赤なテーブル。怖そうな女の人だと思ったけど、ぬいぐるみもたくさんあって、かわいい部屋だ。

「悪いけど、化粧していい？」

女の人は、あたしの返事を待たずに鏡台の前に座った。

お店が開けそうなくらい、たくさんの化粧品が並んでいる。赤、青、緑、シルバーと、色とりどりのマニキュアが、キャンデーのように転がっていた。

「わたし、ひとみっていうの。平仮名(ひらがな)で、ひ・と・み」

外国人のように顔が小さくて、あたしの好きなフランスの女優(じょゆう)に似(に)ていた。完璧(かんぺき)な美人というよりは、くりっとした目に愛嬌(あいきょう)があって好感が持てる。それになんといっても、スタイルが抜群(ばつぐん)によかった。

「初めまして。藤崎空良です」

カーペットの上に正座(せいざ)すると、腰(こし)まで届(とど)く茶色い髪(かみ)をブラシでとかす、ひとみさんを見つめた。一本一本をいつくしむように、上から下へ丁寧(ていねい)にブラシを滑(すべ)らせている。

肌(はだ)が透(す)き通(とお)るようにきれいだ。二重の目元に伸(の)びるまつげは長く、すっとした鼻にぽてっとした唇(くちびる)がいろっぽい。

見とれている自分に気づいて、あわててうつむいた。

「空良は、翔の彼女(かのじょ)?」

ひとみさんがマスカラをぬりながら、なんでもないことのように聞いてきた。

「違(ちが)います！」

思わず、声に力が入る。

「なぁんだ」

どうでもいいというような、気のない返事だった。

ひとみさんこそ、翔のなんなんだろう？

身内ではなさそう。食わせてやってるって、まさか、翔の彼女なんてことはないだろうし。

そう思いながら化粧をする姿を見ていると、愛らしかった顔が、みるみる艶かしい美しさに変化していった。

いきなりひとみさんが振り向いて、あたしの顔をじっと見つめた。うろたえながら、顔を伏せる。ひとみさんと比べると、いいところのない自分の顔が恥ずかしかった。

「ねぇ、空良、化粧させてよ」

「え？」

ぽかんとしていると、ひとみさんに手を引かれて鏡台の前に座らされた。するりと頬をなでたり、指先でつついたりしている。

「う～ん、やっぱり若い肌はいいねぇ」

そう言ってコットンに化粧水をしみこませると、あたしの頬をパタパタとたたきはじめた。

抵抗する間もなく下地クリームがぬられ、手の甲で色を混ぜ合わせた液体のファンデーションを頬にのせていく。

「目を閉じて」

「あ、はい」

いつの間にか、すっかりひとみさんのペースになっていた。顔の上を、細い指が動き回る。言われるままにしていると、しだいに心が落ち着いていった。

誰かに身をゆだねることが、こんなに心地いいなんて。

鏡の中で変わっていく自分の顔が、他人のように思えた。

「わたしは、翔の隣人。アイツ、中一んときから一人暮らししてんの。生意気でしょ？　ほら、目線を上にして」

ひとみさんは、手を動かしながら話しはじめた。

「ま、アイツにもいろいろ事情があるから仕方ないんだけど。親はすぐ隣の母屋に住んでて、このアパートの大家なの」

「どうして……」

「あ、しゃべらないで」

どうして離れて暮らしているのか聞きたかったのに、唇はリップブラシでふさがれてしまった。淡い夕日のようなアイカラーがのせられ、まつげはマスカラでくるっと上を向いた。

「できた！」

鏡の中のあたしは、ファッション雑誌から出てきた女子高生のようだった。ほんのりピンク色の唇は、グロスでふっくらとしている。

いいのか悪いのかわからないけれど、別人みたいで恥ずかしかった。

「せっかくかわいいのに、何もしないなんてもったいない」

ひとみさんは、満足そうにうなずいた。

「でも……」

あたしの考えは逆だった。

「どうしてひとみさんは、化粧をするんですか？　そんなにきれいなのに」

「はぁ？　おもしろいこと言うねぇ、空良って！」

ひとみさんは、美人らしからぬ大口を開けて、おかしそうに笑った。ひとしきり笑うと、片ひざを立てて、ずいっと顔を近づけてきた。

「自分をさらけ出して生きてけりゃあ楽だけどさぁ、そんなやつはいないんだよ」

真剣な顔で、あたしの目をのぞきこむ。

「だから、外見やイメージや、情報なんかに振り回されちゃダメだ。本当のことを知りたけりゃ……」

ひとみさんは、あたしの胸をとんっとこぶしでついた。

「ここで見るんだって、よおっく覚えときな」

目を丸くするあたしを見て、にやにやしている。そこでようやく、からかわれているのだと気がついた。

「そうだ。ねぇ、今度の日曜、ヒマ？」

「え、日曜？」

「映画でも行かない？　アルタの前に、一時でどう？」

ひとみさんは、あたしの返事も聞かずに身を乗り出してきた。

「いいでしょ？」

ひとみさんに見つめられて、体が熱くなる。うるんだ瞳と甘い香りに酔ってしまいそうだ。

ひとみさんは時計を見ると、あわただしくスリップを脱ぎ棄てた。あたしはうつむきながら、やっぱりひとみさんから目が離せなかった。クローゼットから取り出した黒いワンピースはとても似合っているけど、胸元は必要以上に大きく開いている。

「やばっ、お店に遅れちゃう！」

「お店って……」

言いかけて、口を閉じた。さっき言われたばかりじゃないか。聞けば、イメージや情報に振り回されてしまいそうな気がする。

本当のことが知りたい。ひとみさんのことだけじゃない。あらゆる本当のことが知りたい。

でも、ここで見るって、どうすれば？

あたしは、ひとみさんにつかれた胸を押さえた。

着替え終わったひとみさんは、ショルダーバッグに財布や化粧ポーチを投げこんだ。

「ったく、翔のやつ、何やってんだ」

そう言うと同時に、玄関のドアが勢いよく開いて、翔が駆けこんできた。

「遅いわよっ」

翔が何か言うより早く、罵声が飛ぶ。

「ひとみの注文がうるさいからだ！　近くの薬局にないんだよ」

翔の手から、薬の箱が投げ渡された。相当遠くまで行ったみたいで、息を切らせ、額に汗を浮かべている。

「ふん、こんなに頭が痛いのに、仕事する身になってみなっ」

ひとみさんはぶつぶつ言いながら、水で薬を流しこんだ。

「夕飯、冷蔵庫に入ってる。育ち盛りなんだから、好き嫌いせずに、ちゃんと食べるんだよ」

そう言い捨てると、ドアを開けっ放しにしたまま、ヒールのかかとを鳴らして階段を下りていった。まるで、嵐が去ったよう。

「空良ぁ！　アルタに一時だからね！」

アパートの前の通りから大きな声が聞こえて、あたしは首をすくめた。

「なんのことだ？」

翔に聞かれたけれど、あたしはあいまいに返事をした。

翔は、ひとみさんと自分の部屋に鍵をかけて、階段を下りた。続いて下りながら、合い鍵まで持っているなんて、と考える。大家の息子なら、それもアリ……なのかな。

外はすっかり暗くなって、空気はひんやりとしていた。ほてった顔がしだいに冷めて、ずいぶん興奮していたようだと気がつく。

ちかちかとまたたく街灯の下、もうキムさんはいなかった。

微妙な距離をあけながら、あたしと翔は並んで歩いた。時折、カップルや外国人とすれ違ったけど、こちらを気にする人はいない。

「藤崎の住んでるところとは、違うだろ？」

翔が言う意味を測りかねて、言葉を探した。

「うちのほうには、あまり外国人はいないかも」

少なくとも、外国人向けの看板やポスターはない。

「この辺には、わけあって身元がはっきりしない人なんかも住んでる。過去を知られたくない、いわくつきの人なんかも。でも、そういう人が、悪い人とは限らないし」

翔が、ぼそぼそと言った。自分の住んでいるところを悪く思われたくないという気持ちが伝わってくる。

「ひとみさんもそうなの?」

「聞いたことないけど、ひとみにどんなおまけがついてたって、オレは別にかまわない。今いるあいつが、信じられるって思うから。あれでなかなか、料理がうまいんだぜ」

あたしもひとみさんは、いい人のように思えた。でも、本当のところはよくわからない。怖そうなおじさんが少年野球の監督で、きちんとスーツを着た人が怪しい人で……。自分の見る目に自信が持てなくなっていた。

「あの……中年のおじさんなんかも、住んでる?」

翔の言葉が引っかかっていた。身元のはっきりしない人、過去を知られたくない、いわくつきの人。それらは、父にぴったりな気がする。

「世間からはみだした人は、案外いい人が多いんだよなぁ。真面目で優しいから、はみだしちゃうんだろうな」

翔は、あたしの質問の意味に気づかずに答えた。でもそれは、父のことを言われているようで胸が苦しかった。

細い路地を抜けると、明るい雑踏が見えてきた。あかねと来たときに見たはずだけど、昼と夜では、街の様子がまったく違って見える。昼間と違って、会社帰りふうの人が多く見られ、飲食店がにぎわっていた。

「ここ、新大久保の駅。一人で大丈夫か？」

「うん」

あたしはうなずいた。

「じゃあな」

軽く手をあげた翔が、ちょっとうつむいて考える仕草をした。思い切ったように、顔を上げる。

「空良」

「え？」

「あ……ひとみが、空良って呼んでたから」

翔の顔が赤くなって、どちらからともなく目をそらす。ふわっと近づいた気がしたのに、次に言われた言葉は、とんっと突き放すようなものだった。

「空良は、もう、ここに来ないほうがいい」

翔の声が、喧噪にかき消されそうだった。あたしと翔の間に人が割りこんできて、距離が遠くなる。

「空良には、合わない気がするから。化粧だって、しないほうが、いい」

そう言われて、ハッとした。

化粧のことをすっかり忘れていたあたしは、思わず手の甲でぐいっと唇をぬぐった。グロスがべったりとついてくる。あたしはあわてて改札を通り抜けた。

ちらっと振り返ると、まだ翔がこちらを見ていた。もう帰っていいのにと思いながらも、背中に温かさを感じる。

階段を上ったつきあたりに、四角い黒のプレートがあった。

前に来たときは、気づかなかったけど。

立ち止まって読んでみると、それは新大久保駅のホームで起きた、転落事故のことだった。ホームに落ちた日本人男性を助けようとして、韓国人留学生と日本人カメラマンも、電車にはねられてしまったとつづられていた。これは、留学生とカメラマンの勇気を称え、三人の死を悼むために作られたプレートのようだ。

こんなことが、あったんだ。

日本人のために……、ううん、たぶんどこの国の人かなんて考えもせず、命を投げ出した人がいた。その事実が、あたしの心にずんっとしみていく。

ふと、ヘイトスピーチを思い出した。あの人たちは、こんな韓国人に対しても、同じ言葉を投げつけるんだろうか。

死ね、死ね。

殺せ、殺せ。

言葉が、恐(おそ)ろしさが、よみがえってくる。

この街は、なんなんだろう。

あたしは、足早にホームに向かった。

日曜の午後、あたしは新宿(しんじゅく)に向かった。

アルタに、一時。

ひとみさんと交(か)わした約束……いや、一方的だったから、約束とは言わないかもしれない。

今思うと、あれは冗談(じょうだん)だったような気もするし、ただからかわれただけのような気もする。

そう思いながら、やっぱり来てしまった。

新宿は相変わらずの人ごみだけど、昼間の明るさの中、翔と来たときのような不安はない。

アルタの巨大(きょだい)ビジョンには、放映中(ほうえいちゅう)の番組が大きく映(うつ)し出(だ)され、その下には多くの待ち合わせの人がいた。

こんなに人がいたら、会えるわけがない。しかも、一度会っただけの人との約束を、真に受けるなんて。

そんな考えが頭をよぎったそのとき、まるでレッドカーペットを歩く女優のように、こちらに向かってやってくる人がいた。あきらかに、周りとは違うオーラを振りまいている。行き交う人が自然とよけて、道ができていた。

肩を大胆に出したベアトップから、くびれた腰がのぞいている。クラッシュデニムのショートパンツに、すらりと伸びた白い脚。ヒールの高いサンダルには、ブランドのロゴマークが光っていた。茶色く長い髪は豊かに揺れ、大きめのサングラスが小顔をさらに強調している。あんな服装が似合う人は、日本中を探してもそうはいない。

「ごめん、待ったぁ？」

くったくのない笑顔を投げかけられ、人々があたしを振り返る。

「いえ……」

視線が恥ずかしくて、顔を伏せた。

「さ、行こう！」

ひとみさんは周りを気にすることなく、あたしの腕に手を絡め、長く伸びた脚をモデルのように前に出した。

「映画、何観る？　わたし、観たいのがあるんだけどいい？」

子どもみたいにはしゃぐひとみさんに、あたしの緊張もしだいにほぐれていった。

「ひとみさん、目立ちすぎです。その格好」

「そう？」

ひとみさんは、自分の姿を見下ろした。

「空良、気に入ってくれると思ったんだけど」

しゅんとしぼんだように、がっかりした顔をする。

「そういうんじゃなくて」

ストレートすぎる反応に、あたしは困った。男女問わず、通り過ぎる人たちが、ひとみさんをちらちらと見ていく。中にはあからさまに、なめるように見る人もいた。

「夜だと普通なんだけどなー。こんなに早く起きるの、久しぶりなんだ」

そう言って、ぺろっと舌を出した。年はだいぶ上のはずだけど、飾り気のない仕草がかわいい。あたしは、周りの目を気にするのがバカバカしくなった。こんなに注目を集める機会なんて、二度とないだろう。だったら、楽しんだ者勝ちだ。

「まぁ、ちょっと派手だけど……ひとみさんには似合ってます」

そう言うと、ひとみさんはパッと顔を輝かせてにっこりと笑った。

「じゃ、いこ！」

あたしたちは、伊勢丹方面に向かって歩いた。

「バーニーズ　ニューヨークのドアマンって、かっこいいんだよ～」

「紀伊國屋の店頭で、たまに作家のトークショーやってるんだ」

ひとみさんは、歩きながら新宿の街を案内してくれた。何を話したらいいんだろうという心配は、すぐに消えていった。

ひとみさんが観たいというのは、ハリウッド映画にありがちな、ありえない展開で地球を救うというSF映画で、主役を引き立たせるために作られたような内容だった。にもかかわらず、ひとみさんは隣の席で、鼻をぐすぐすいわせながら泣き通しで……。

どうして、この映画で泣けるんだろう？　あたしは不思議でたまらなかった。

映画が終わって館内が明るくなると、ひとみさんは泣きながら抱きついてきた。

「空良～、よかったね、みんな助かって」

「映画じゃなかったら、みんな死んでると思うけど」

「ちょっと、どうしてそんなに冷めてるのよぉ！」

そう言って顔を上げたひとみさんは、マスカラが落ちてひどいことになっていた。

「ひとみさん、トイレに行ってきたほうがいいよ」

美人なのに、愛嬌があって、素直で憎めない。ひとみさんなら、どんな男だって惹かれるだろうと思った。

トイレから出てきたひとみさんは、パリッとした美人に戻（もど）っていた。

「お茶しにいこう！」

あきれるほど切（き）り替（か）えが早く、ひとみさんはオープンしたばかりのおしゃれなカフェに連れていってくれた。

あたしはホットコーヒーを、ひとみさんはアイスミルクティーを頼（たの）んだ。

「空良ってすごいねー。中学生のくせに、コーヒーなんて飲めるんだ」

小さいときから、ミルクにコーヒーをたらすようにして飲んでいたあたしは、今ではブラックでも飲める。コーヒー好きな父の影響（えいきょう）が大きいけれど、父がいなくなって以来、家からコーヒーの香（かお）りも消えた。

しばらくすると、おしゃれなコーヒーカップがひとみさんの前に、白と琥珀色（こはくいろ）の液体（えきたい）に分かれたグラスがあたしの前に置かれた。

「やーね！」

ひとみさんは口を突（つ）き出（だ）すと、そそくさと飲みものを入れ替えた。

「それ……苦くない？」

ひとみさんは、まずい薬を飲まされた子どものように顔をしかめた。

あたしは笑いながらコーヒーの香りを吸いこみ、ひと口すすった。深煎りで香ばしく、苦みが効いている。

「空良ってさぁ、なんかこう、大人びてるよね。どうして翔と気が合うのかなぁ」

「翔とは、ただのクラスメイトだよ」

あたしの口調も、すっかりくだけていた。ひとみさんが、くくっと笑う。

「ただのクラスメイトか。そうは見えなかったけどね」

言い返そうとして、ゆっくり息を吐き出した。

これじゃあ、ひとみさんのペースにのせられているだけだ。あたしは、質問を切り返した。

「じゃあ、ひとみさんと翔は、どういう関係?」

「気になる?」

ひとみさんはアイスミルクティーをかき混ぜずに、紅茶の部分だけをストローで吸い上げた。白と琥珀色の液体が、ゆっくりと絡み合う。無造作に割られた氷が、カランと音を立てた。

「翔を、誘惑してみたこともあるんだけど……」

そう言って、艶かしい唇をぺろっとなめる。思わず、「え!?」っと、目を見開いた。

「やぁだ、そんな顔しないでよ。冗談だって」

きゃらきゃらと笑うひとみさんに、あたしはむっとしてコーヒーを飲んだ。

「翔ってさ、あれでなかなか真面目なのよぉ。彼女ができたら……あ、見たことないけどさ、ひと筋だろうね」

「ふーん」

あたしは、気のない素振りで返事をした。

「あいつって、見てると危なっかしいんだよ。外国語をすぐに覚えちゃうから、よく知らない外国人に頼られたり、相談されたりしてさ。そのくせ自分のことは、どうでもいいって感じで。本当は、寂しがり屋で傷つきやすいのに」

あの、いかにも図太そうな翔が？

「どうして翔は、親と住んでないの？」

あたしの質問に、ひとみさんは少し目を伏せた。

「まぁ、翔もぜんぜん隠してないから言っちゃうけど……。オヤジさんと、ソリが合わないみたいよ」

「お母さんは？」

「小さいころ別れたみたいで、知らないんだって。オヤジさん、女癖が悪くてね。国籍問わず、相手をとっかえひっかえ」

そう言ってひとみさんは、怒りをぶつけるように、ストローでグラスをガチャガチャとかき混ぜた。

「本当の母親もわからないのに、知らない女の人が出入りしてたんじゃ、家を出たくもなるよね」

「そう、なんだ」

あたしは、なんて言っていいかわからなかった。

「そんなオヤジさんだから、母親は日本人とも限らなくて」

「翔の半分は、外国人ってこと？」

「かもしれない」

野球部の三年生に「おまえの親、日本人じゃないって本当か？」と聞かれてたことを思い出す。あのとき、翔はわずかに動揺しているように見えた。

「自分の半分が、どこの国の血を引いているのかわからないって、ちょっと不安だよね」

「不安？」

「うん。だってさ、両親がどこの国の人間かなんて、知ってて当たり前のことじゃない。特に新大久保には外国人がたくさんいるから、嫌でも気になるんじゃないかな」

「調べる方法はないの？」

「いや、あると思うよ。調べようと思えば、いくらでも手はあるはず。でもそれをしないのは、翔が臆病だからだよ。母親のことやいろんなことを知るのが、怖いんだと思う」

いろんなこと……翔の気持ちになってみると、わかる気がした。

いまだにわからないということは、母親との縁も切れてるんだろう。

どうして、母親と別れることになったのか。

どうして、連絡をくれないのか。

それらが、あきらかになるかもしれない。

「それに、日本じゃヘイトスピーチが横行してるからなぁ」

ひとみさんの口から出た言葉に、どきっとした。

また、ヘイトスピーチ?

「自分のルーツを知ることで、翔も嫌な思いをするかもしれない」

「翔には、なんの罪もないのに?」

「そんなの、みんないっしょだよ。みんな、その国に生まれようと思って生まれてきたわけじゃない。それなのに差別されるなんて、おかしいよね」

あたしは黙りこんだ。ヘイトスピーチが、いきなり身近な問題に思えた。

「どっちみち、翔はいつか知らなくちゃいけない。でも今は、それを受け止められるほど、心の準備ができてないんだろうな」

　お母さんのこと、お父さんのこと、自分のこと。

　翔には、悩みがたくさんありすぎる。

「空良、大丈夫？　聞かなきゃよかった？」

　言葉を失うあたしに、ひとみさんは優しく問いかけた。

「余計なお節介だけど、空良には知ってほしかった。知ったうえで、翔の助けになってほしい」

　そう言われても……。

　あたしには、荷が重すぎると思った。自分のことだけでも精いっぱいなのに。

　コーヒーは半分残ったまま、すっかり冷めてしまった。

「ゴメンゴメン、もうやめよう。せっかくだし、ぶらぶら歩こうよ」

　ひとみさんは勢いよく立ち上がると、あたしの手を引いて店を出た。

「ちょっと、連れていきたいところがあるんだ」

　そう言って、どんどん歩いていく。明治通りに向かい、ときどき手なんかあげてあいさつをしながら、わが物顔で歌舞伎町を抜けていった。昼間のせいもあるけれど、ひとみさんがいっしょだと、歌舞伎町も安心して通れる。

「あそこ」

ひとみさんが指さした先に、次々と人が流れていく。何かイベントをしているのか、入り口には大きな看板が立てられて、色とりどりに飾られていた。

「ここ、大久保公園っていうんだ。夏には盆踊りをしたり、地域のイベントをやったりしてるんだけど、最近じゃラーメングランプリや激辛グルメ祭りとか、今っぽいものをやってるの」

「へぇ。今日は……、新大久保グルメフェスティバル？」

気のせいか、外国人が多い気がする。

ひとみさんはあたしの手を引くと、人の波に乗って会場に入っていった。カラフルな民族衣装、むせ返るほどさまざまなにおい、独特な音楽と、どなるように交わされる言葉。

「食べた人は、必ず投票！　忘れないで！」

壇上から拡声器を使って、声を張り上げてる人に、見覚えがあった。

「こら！　ラーメンの器はリサイクル！」

ゴミの集積所を指さして、怒っている。

「あ……キムさん？」

「お、よく覚えてたね。そう、うちのアパートの主だよ。相変わらずゴミにうるさいなぁ」

ひとみさんは、おかしそうに笑った。

「空良、何食べる？　今日はね、新大久保の料理店が出店するイベントなんだ。キムさんが企画したんだよ」

「え、キムさんが？」

それぞれのブースに分かれて、たくさんの屋台が並んでいた。

「あっちは韓国料理のコーナーかな。トッポッキ、から揚げ、チヂミ、ホットクもあるよ。そっちはインドネシア料理のサテ、タイ料理のパッタイ、中国の点心、ベトナム料理のフォー、ネパール料理のカレー、トルコ料理のシシケバブ……いやぁ、よく集めたなぁ」

ひとみさんが、あっちこっちを見て説明しながら感心している。あたしには、どれがなんだかさっぱりわからないけれど、まるで世界中から集まってきたような屋台や人に、目がくらみそうだった。

話している言葉も肌の色も顔だちも違うのに、人々はみな笑顔で、飲んだり食べたりしている。いったいここは、どこなんだろうという気持ちになってくる。

「ヒトミ！　やっと来たか、遅い！」

拡声器を通して叫んだキムさんが、壇上からどすんと飛び下りてきた。

「オマエ、ちょっとは協力しろ。なんだ、こいつは……」

キムさんは、胡散臭そうにあたしをじろじろと見た。

「カケルの女か」

忌々しそうに言うから、きっぱりと「違います！」と言った。

「まぁいい。役に立たないなら、とっとと食ってけ。できるだけ、たくさん食べるんだぞ。それくらいしかできないんだから」

ひどい言われようだ。

「キムさん、こんなにたくさんの人、まとめるのたいへんだったでしょう？」

ひとみさんは、キムさんの暴言を気にも留めずに言った。

「まぁな。でも、やる意義はあった。見ろ、みんな仲良くやっている。たとえ、国と国が争ってても、一人一人は仲良くできる。ここから、世界平和を発信するんだ」

聞きながら、あたしは眉を寄せた。キムさんの口から世界平和って、ちっとも似合わない。

「キムさん、いいこと言うねぇ。世界平和、いいよね」

「ふん。我々にとってたいせつなのは、人と人とのつながりだ」

「人と人って……」

言いかけると、ひとみさんにぐいっと引っ張られた。

ひとみさんは「ニイハオ！」「サワディカー！」「ナマステ！」なんて言いながら、屋台を回った。

「ひとみさん、すごい」

「何が？」

「いろんな国の言葉を知ってるんだね」

「まさか！」

目を丸くしているあたしを見て、ひとみさんは笑った。

「あいさつだけだよ。それだけ知ってりゃ、なんとなくお互い笑顔になるじゃない」

ああ、そうか……。

ひとみさんは、いちばん簡単な方法で、言葉の壁をひょいっと越えてしまうんだ。

あいさつのあと、ひとみさんは日本語で話しかけた。

「どう、調子は？」

「イイネー。日本人に負けてられないよ」

「それ、おいしそうだね」

「本場の味食べられる日本人、シアワセねー」

ひとみさんはあっちこっちに知り合いがいて、慣れた調子でいろんな国の人と話してた。

「ね、あっちに香港のスイーツがある。食べよ」

いろんなにおいが、言葉が、ぐちゃぐちゃに混ざっている。それは、不思議とこの街に馴染んでいた。

「あの……どうしてキムさんは、このイベントを企画したの？」

これだけの規模だから、企画も運営も、たいへんなのはあたしにでもわかる。

「説明するのは難しいんだけど……。韓流がはやってたころに比べて、新大久保にお客さんが来なくなっちゃってね。『このままじゃ、新大久保が滅びる』って、キムさんが立ち上がったの」

ひとみさんは、エッグタルトを二つ頼んだ。

「新大久保って、いろんな国の人が住んでるんだけど、テリトリーが分かれてるっていうか、あまり交流がなかったんだ。まぁ、違う国の人より、自分の国の人と仲良くしたほうが楽じゃない？」

なるほど……。

新大久保の駅に、初めて降り立ったときのことを思い出した。駅から出て左側はカレーの香辛料のようなにおいがしたのに、右側に行くにつれて、その香りはしなくなった。あれは、テリトリーの違いのせいかもしれない。

「違う国の人たちに『いっしょにイベントをやろう』って説き伏せるの、たいへんだったみたいだよ。それでも、新大久保を盛り上げたいって気持ちは同じだから、実現したんだろうね」

たくさんの人をまとめる苦労は、なんとなくわかる。運動会の委員をしたとき、クラスのたった三十人をまとめることさえたいへんだった。みんなの考え方が違うってだけでもたいへんなのに、違う国、違う言葉、違う習慣……想像するだけで、気が遠くなる。

ひとみさんから、エッグタルトを受け取った。温かくて、表面にほんのり焦げ目がついている。

さくっとしたタルト生地と、卵をたっぷり使ったクリームが、口の中にふわっと広がった。

「おいしい！」

こんな味は、初めてだった。プリンとも、カスタードクリームとも違う。甘くて濃厚で、とろけるような味。

すぐ横を、制服を着た警備員が通り過ぎていった。

「こういうイベントを嫌がる人たちとか……ヘイトスピーチは怖くないの？」

「え？　ああ」

ひとみさんも、ちらっと警備員を見た。

「そんなの怖がってたら、何もできないって、キムさんは言ってる。攻撃してくる人の中には、思想を持った人もいれば、ただなんとなく煽られてる人もいるし」

うなずいたとき、入り口のほうで、キムさんと話している翔を見つけた。

野球部の休日練習が終わって、帰ってきたみたいだ。

「あれ」と指さして、ひとみさんに教えようとしたとき、「うおぉぉぉ！」という、吠えるような声がした。

「おまえら、誰の許しを得て、こんなところで商売してやがる！」

年配の男の人が、ゴミ箱を蹴り倒した。ラーメンの汁が通路にこぼれて、若いカップルがあわてて飛び退く。

「おまえらが来たせいで、オレの店はつぶれたんだ！　客をごっそり持っていきやがって！」

そう叫びながら、韓国屋台の前で暴れだした。

「日本じゃ、歴史が間違って伝えられてるだって⁉　嘘をついてるのは、おまえらのほうだ！」

人々から陽気な笑顔が消え、辺りがしんとする。

騒ぎに気づいたキムさんが走ってきて、翔もその後を追いかけてきた。

「おまえも韓国人か！　間違ってると言え。韓国人が、間違ってるとな」

「ここは、みんなが楽しむ場所。そんなことを言うなら、別のところに行ってください」

キムさんは、冷静に出口を指さした。でも、翔の目は血走っていた。

「謝れっ！」

キムさんが止めるのもかまわず、男の人の前に飛び出していく。

「キムさんに謝れ！　ここにいる人たちにも謝れ！」

声を荒らげ、自分を見失ったように、つかみかかろうとした。

男の人はひるみながらも、「おまえ、日本人のくせに、こいつらに味方するのか！」と叫んだ。

「違う！　そうじゃない！　オレは……オレは……」

混乱したように繰り返し、キムさんに押さえつけられながら、顔をゆがめている。

「翔……」

茫然とするあたしを置いて、ひとみさんも翔の体を取り押さえた。警備員が来て、男の人を出口のほうに引っ張っていく。

翔もやっと落ち着いたらしく、ぼーっとしていた。

「あんた、あんなの相手に、いちいちムキになってんじゃないよ！」

ひとみさんにパシッと頭をはたかれて、「うっせぇ」とつぶやいている。駆けよったあたしに気がつくと、翔は気まずそうな顔をして視線をそらした。

「大丈夫、大丈夫、続けて」

キムさんは、周りの人に声をかけて回った。ぎこちなく、フェスティバルが再開される。

ひとみさんは、肩でため息をついた。

「あの人も、メディアやヘイトスピーチのデモなんかに、煽られちゃったのかもしれないね。ここにいる人たちに言っても、しょうがないのに」

キムさんや近くのお店の人が、ゴミ箱を直し、こぼれたラーメンの汁を水で流している。人々が笑顔になり、陽気な雰囲気が戻っていった。

あたしは、なんて言ったらいいかわからなかった。自分だけが、何もわかっていないような気がする。翔もそっぽを向いたままだった。

「さぁ、キムさんに協力するために、どんどん食べて投票しよう。新大久保を盛り上げなくちゃ」

ひとみさんに誘われて、あたしと翔は黙々と料理を食べていった。

8. イケメン通り……高杉 翔

「翔！　かーけーるぅ！」

ドンドンと、乱暴にドアをたたく音で目が覚めた。

あれ？　今、何時だ？

驚いて、がばっと起き上がった。

カーテンの隙間から、強い光が差しこんでいる。投げ捨ててあるユニフォームを見て、寝ぼけた頭で考えた。

そうだ。今日は日曜で休日練習だったけど、サッカー部がグラウンドを使うから、午前中で終わった。そして帰ってきてすぐに、疲れてばたっと寝てしまったんだ。

時計をさがして見ると、三時だった。

再び横になりかけて、ドアを見る。ひとみの声だった気がするから、無視するとあとがうるさい。

「ちょっと待ってろ。今、服を着るから」

相当疲(つか)れてたのか、着替(きが)えながら寝(ね)てしまったようだ。上半身は裸(はだか)のままで、下はパンツだけだった。Ｔシャツをさがして目をきょろきょろさせていると、鍵(かぎ)が回ってドアが開いた。

「おはよ」

「うわっ、ひとみ！　いきなり開けんな！」

そういえば、何かあったら困(こま)るからと、勝手に合い鍵を作られたんだった。

「いいじゃない、減(へ)るもんじゃあるまいし」

ひとみは玄関(げんかん)に立ったまま、オレの体をじろじろと見た。

「うん、いい体になってきた。もう少し、上腕二頭筋(じょうわんにとうきん)を鍛(きた)えな。大胸筋(だいきょうきん)も……もっと肉を食わせないとダメかなぁ」

まるで、自分の創作物(そうさくぶつ)でも見るように、眉(まゆ)を寄(よ)せて考えこんでいる。オレを自分好みの男に育て上げるのが夢(ゆめ)なのだと、ふだんから豪語(ごうご)していた。まぁ、ひとみの作った飯を食べてるんだから、あながち間違(まちが)ってるとも言い切れない。

「それで、なんだよ」

オレはＴシャツをかぶりながら聞いた。

「今日、空良(そら)と夕飯作る約束してるから、いっしょに買い物行こうよ」

「はぁ!?」

思い切り眉をひそめると、居心地悪そうにひとみの後ろに立っている、空良の姿が見えた。

げっ……裸、見られたか?

「どうして、そういうことになってるんだよ」

寝起きで頭が回らなかった。

「空良のお母さん、休みの日も働いてるらしいんだよね。だったら、いっしょに作って食べようってことになったんだけど」

一人で、飯か。

一人で食べる寂しさは、オレも知っている。だから、空良が一人で食べていると聞いて驚いたし、同情もした。

「それで、荷物持ちを探してるのか?」

「うん。だって、翔にそれ以外のことなんて期待できないし」

ひとみは、悪びれもせずにそう言った。

「わかったよ。ちょっと待ってろ」

とりあえず、ドアを閉めさせた。シンクの蛇口をひねってコップに水を入れると、ぐいっと一気に飲み干した。

空良と買い物？　空良と食事？

学校では毎日顔を合わせてるけど、話したりしないし、空良のことはほとんど知らない。ただ、ひとつだけ気になることがあるとすれば……。

電車の中で、オレと空良が話しているのを見たやつが、からかいついでに言ってきた。

「藤崎って、一年のとき、父親が失踪したらしいぜ」と。

「だからなんだよ」と言い返したけど、心にはしっかり刻まれた。そして、職業安定所に行きたがったことにつながったような気がした。

母親が休みの日に働いているわけも、そこにつながっていくんだろう。

オレは、重苦しいものを吐き出すようにため息をつくと、スニーカーをつっかけてドアを開けた。


「ごめん、寝てるの邪魔しちゃって」

空良に言われて、オレが「いいよ」と言う前に、ひとみが返事をした。

「いいんだよ。翔は勉強もせずに、夜たっぷり寝てるんだから」

「なんだよ、ひとみだって料理はできるけど、片づけはできないくせに」

「わたしは、掃除とか片づけとか、苦手なんだもーん。そういうのやってくれる人と結婚するって決めてるの」

　完全に開き直っている。

「その性格で、結婚する気かよ」

　あきれて言うと、空良がくすくすと笑った。

「なんか、漫才みたい」

「そう？　翔がボケで、わたしがツッコミ？」

「逆だろっ」

　そう言うと、空良はますます笑った。ひとみも楽しそうだし、空良が加わっただけで、街の景色も違って見えるから不思議だ。

　アパートを出てしばらくすると、ひとみが言った。

「ここ、イケメン通りっていうんだ」

　そこは、職安通りと大久保通りを結ぶ細い通りで、両脇に店がずらりと並んでた。店員が、ひっきりなしに通行人に声をかけて活気づいている。

「どうしてイケメン通りなの？」

「そりゃあ、イケメンがいるからでしょ」

　空良が聞くと、ひとみがあっさりと答えた。

「そんなの、どこにもいないじゃん」

店には、イケメンどころか若い男もいない気がする。

「ま、イケメンがいるって思ったほうが、みんな楽しいじゃない」

ひとみの言い分に、オレは納得いかなかったけど、空良はうなずいていた。

休みの日になると、地図を片手に旅行気分で歩いている女の人を見かける。韓流全盛のころは、イケメンがいたのかもしれない。

減ったけど、今でも韓流が好きな人はいるんだろう。もしかしたら、以前に比べたら減ったけど、今でも韓流が好きな人はいるんだろう。


「この辺りは、どんどん変わっていくよね」

ひとみが、感慨深げに言う。

「翔が生まれる前は、新大久保といったら、夜の商売が中心ってイメージだったらしいよ。それが今じゃ、昼間もにぎやかな、こんな明るい街になったんだから」

「外国人のおかげ？」

空良の言うとおり、外国人が住むようになってから、ずいぶん変わったと思う。でも、いいことばかり続いてるわけじゃないのは、住んでるオレたちがいちばん知っている。

「韓流ブームに乗っかって、いったんは栄えたけど、今じゃ韓流人気も低調で、客は一時期の半分以下じゃないかな」

ドラマやK－Popがはやってたころは、グッズの店には行列ができたし、飲食店も満員だった。道を歩くのも困難なほどで、住民としては迷惑な面もあったけど、開店後一か月もしないうちに夜逃げするような今よりはずっとマシだった。

「ヘイトスピーチのせいもある？」

空良が、そんな言葉を知っていることに驚きながら、オレは首をひねった。

「まぁ、それもあるかもしれないけど、みんなそこまで弱くないからなぁ」

「そうなの？」

「うん。ここに住んでるやつらは、けっこう図太くてたくましいよ」

「でも」

それでも空良は、納得いかないようだった。

「韓国人が悪いってネットに書きこまれたり、デモをされたりして変な噂が広がっていったら……間違ってても、それが正しいって思われることもあるんじゃない？」

空良の言ってることがわからずにいると、ひとみが助けてくれた。

「まぁね。無責任な噂が、いつの間にか真実のようになってしまうことってよくあるから。それに人って、人数が多くなればなるほど、自分たちのほうが正しいって思いこむんだよね」

ああ、それならわかる。野球部だって、そうだもんな。いつだって山本たちは多数派で、オレは少数派(しょうすうは)だ。だからといって、あいつらが正しいなんてどうしても思えない。

「だけど……キムさんなら平気だろ?」

「そんなことないさ。韓国人は、特にひどい中傷(ちゅうしょう)を浴びてるんだ。キムさんだって、デモやヘイトスピーチに傷(きず)ついたり苦しんだりしている。平気な外国人なんて、一人もいないよ」

ひとみに言われて、キムさんやアパートの連中の顔を思(おも)い浮(う)かべた。ヘイトスピーチのデモを見て、たとえそれが自分に向けられてるものじゃないとわかっていても。

やっぱ、傷つく……よな。

「外国に行って、その国の人たちに取り囲まれるって想像(そうぞう)してみなよ。そりゃ怖(こわ)いさ。しかも、自分は何も悪いことをしてないのに、日本人ってだけで攻撃(こうげき)されるんだからね」

「ひどい。どうして、そんなことをするんだろう」

空良の顔が曇(くも)った。

「まぁ、ヘイトスピーチは、今に始まったことじゃない。昔から事件(じけん)の火種になってるし、今だって世界中で、それをきっかけにした争いが起きてるんだ」

ひとみの言うことに、思い当たることがあった。以前ネットで、ヘイトスピーチのことを検索(けんさく)したら、ナチスのユダヤ人虐殺(ぎゃくさつ)にぶち当たったことがある。あんな歴史の教科書に出てくるような出来事が、言葉の攻撃から始まったという事実に、驚(おどろ)いたことを覚えている。

「あいつらは悪いやつだ。あいつらがいると、我々の生活が脅かされる」……ヘイトスピーチによってそんな思いこみが広がって、差別を生み、数百万人ものユダヤ人を殺してしまった。そんなことがあったというのに、歴史から学んで二度と繰り返さないどころか、いまだ世界中でヘイトスピーチがまかり通っているなんて。せめて日本は、それは間違っていると声をあげてほしい。そういう国であってほしい。

ふと見ると、空良の顔色が悪かった。

「空良、どうしたんだ？」

手で腕をさすって、震えているようにも見える。

「嫌だなって、思って」

「そうだよな」

率直に、ただ、嫌だという感覚が残る。

ヘイトスピーチだけじゃない。

それを許してしまう空気。関心を持たない空気。

そんなことも含めて、大人、もっとしっかりしろよと思う。

人が人を差別していい理由なんて、どこにもない。あるわけがない。

「日本の未来はさぁ、きみたちの肩にかかってるんだよ」

暗い雰囲気を吹き飛ばすように、ひとみがオレと空良の肩に手を回した。

「よぉし、景気づけに、今日はごちそうにしよう！」

イケメン通りを抜け、韓国食品のスーパーに向かった。ハングルで書かれた商品が、所せましと並んでいる。

大袋につめこまれた、もやしやにんにく。甘口、辛口のとうがらし。

細長い韓国かぼちゃ。豚足、牛足の輪切り、えいひれやあんこうのぶつ切り。

ふだんから見ているオレやひとみは慣れているけど、空良は見るものすべてが新鮮なようで、驚いてばかりいた。

「これ、何？」

試食品が、ずらっと並んでいる。こんなのも、普通のスーパーじゃ見かけない光景だ。

「食べてみな」

ひとみが勧めると、空良はひと口食べて顔をしかめた。それは、いろんな種類の塩辛だった。

いか、たこ、あみ、たら。塩辛だけでもいろいろ種類があって、キムチもたくさん並べられている。

「辛い食べ物は、ちょっと苦手かも」

空良はそう言ったけど、ごまの香りが効いてる韓国のりや、甘酸っぱい柚子茶は気に入ったようだ。

「よし、今日は腕を振るって、韓国のり巻きと海鮮チヂミとトッポッキにしよう」

ひとみは、張り切ってそう言った。

「韓国ののり巻きって？」

首をかしげる空良に、オレは得意げに説明した。

「キムパプといって、日本ののり巻きとはちょっと違うんだ。酢飯は使わずに、ご飯を塩やごま油で味付けする。中に入れる具も、にんじん、ほうれんそう、キムチ、それと……」

「たくあん、牛肉、ハムやチーズとか、いろいろな具があるんだ」

せっかくオレが説明できる分野だっていうのに、ひとみに横取りされた。

「おもしろい具だね。それ、おいしいの？」

具の種類が日本とだいぶ違うから、空良も味を想像しにくいみたいだ。

「食べると、ごま油のいい香りがしてさ、具の甘さや辛さが絶妙なんだ。オレは好きだよ」

「翔は、なんだって好きじゃない。海鮮チヂミだって、キムさん直伝の本場もんだもんね」

ひとみに味音痴みたいに言われて心外だけど、海鮮チヂミも大好きだった。にらといかをたっぷり使って、ホットプレートで焼いた香ばしくてもっちりした生地を、思い出すだけでよだれが出てくる。にんにくの効いた辛いたれにつけるとたまらない。

「トッポッキは、日本では見かけない料理だよな」

オレは、どう説明していいか迷った。形は、穴のあいてない太いマカロニみたいで、けっこう歯ごたえがある。それが、甘辛いたれに絡められて、ほかにはない食感と味がくせになる。

空良にトッポッキの説明をしながら通りを歩いていると、いきなり店から出てきた誰かに、ぐっと腕をつかまれた。

とっさに身がまえると、それはキムさんだった。

「びっくりしたなぁ」

「カケル、ヒトミ、いいとこ来た！ こっちに来い」

強引に、店の中に引っ張りこまれた。そこは、キムさんが働いている焼き肉屋だ。

中をのぞくと、アパートの住人がそろっていて、どんちゃん騒ぎをしている。

「アパートの住人会議だ。みんなに、みっちりとゴミ捨てのルールを説明しているところ」

「でも、オレたちは、ルール知ってるし」

キムさんが、ゴミの分別にがんばってるのはわかるけど、オレたちまで巻きこまれちゃたまらない。だいたい、住人たちのほとんどが酔っ払って、話を聞く態勢になってない。

「カケルとヒトミだって、アパートの住人だろうが」

「そうだけど……キムさん、おごってくれるの？」

この店は、「サムギョプサル」がうまい韓国式の焼き肉屋だ。キムさんはここの店長で、日本全国に店を展開するという夢を持っている。

「おごってくれるんだったら、話を聞いてもいいけど」

「バカ言うな。でも、一時間半、食べ放題にしてやる」

「それ、普通のメニューじゃん……」

振り返ってひとみを見ると、仕方ないというように肩をすくめた。

「じゃあ、一杯だけつきあうよ」

「オマエら、けち臭いな。ビール三つ！」

キムさんが、厨房に向かって声を張り上げると、

「ビールじゃなくて、ウーロン茶三つ！」

ひとみが、もっと大きな声で言い直した。

円いテーブルは、半分以上が埋まってた。あっちこっちから、「カケル！」「ヒトミ！」と声がかかる。何か話しかけられるたびに、それに答えていたら、空良が目を丸くした。

「翔は、あいさつ以外の外国語も話せるの⁉」

「あいさつって？」

オレは首をかしげながら、「まぁ、いつの間にか覚えたっていうか」と苦笑いした。小さいころから外国語を覚えることは、息をするのと同じくらい自然なことで、自慢するようなことでもなんでもない。

ウーロン茶が、テーブルにどんっと置かれた。オレたちがジョッキを持ち上げると、周りのテーブルから、「カンペー！」「チャイヨー！」「マブーハイ！」と、それぞれの国のかけ声で、ガチャガチャとジョッキをぶつけてくる。

「あなた、名前は？」

「かわいいね～」

男どもが集まってきて、空良がおどおどした。

「ソラっていうの？　ぼくの国に、似た子がいる」

「いや、ソラはトルコ人に近い」

「何言ってんだ。これは中国人の顔だ」

みんな好き勝手言いだして、ひとみが空良に耳打ちする。

「みんな、空良が気に入ったみたいだね」

くくっと笑うひとみに、空良は困った顔をした。

「しかし、日本女性は優しいと聞いたけど、とんだウソだったな」

「まったくだ。ヤマトナデシコ、おっかない」

日本の女性について話しながら、ちらちらとひとみを見ている。

「こら、こっち見るな！」

案の定、ひとみが目を吊り上げた。

「それに、日本人の男は勤勉だとか、真面目なんて大ウソだ。オレのほうが、よっぽど働いてる。ナマケモノたくさんいるしな」

外国人同士の会話に、オレはため息をついた。

どこから流れたのか知らないが、どうせマスコミとかネットとか、そんなところだろう。勝手に作られるイメージというのは、冗談じゃなく怖いと思う。日本の女が全員ヤマトナデシコで、日本の男が全員勤勉で真面目なんてありえない。

そう考えると、日本人が思いこんでいる外国人のイメージが、どれほどあてにならないかわかる気がした。この国の人間はこういう性質だ、なんて知ったふうな顔をして言い切る人間を、オレは信用しない。

じゅうっと肉を焼く音がして、いいにおいが漂ってきた。

「うまそーだなぁ。オレは別に、夕飯、焼き肉でもいいけど」

そうつぶやくと、ひとみにパシッと頭をはたかれた。

「あんた、まさかわたしにたかろうなんて思ってないでしょうね!?　だいたい、もう今夜の材料買ってたでしょ?」

いてて。まったく、冗談の通じないやつめ。分が悪いと感じたオレは、空良のほうに向き直った。

「日本じゃ、焼き肉といったら牛肉だけどさ、韓国では豚バラ肉や鶏肉を焼くんだ」

「知らなかった」

空良は、周りの雰囲気に圧倒されてるみたいだった。

「牛肉もいいけど、豚肉は肉汁が甘くて、こってりしてて、最高にうまいんだよ」

オレの言い方がよほど物欲しそうだったのか、空良は声をあげて笑った。

「笑ってるほうが、いいよな」

空良に「え?」と聞き返されて、恥ずかしいことを言ってしまったことに気がついた。

「あ、いや……。ここ、すごい熱気だよな」

「うん。本当に、いろんな国の人たちがいるんだなって思う」

空良は、騒がしい店内を見回した。

「だよなぁ。たまに、ケンカもあるけどさ」

そう言ったそばから、オレにもわからない言葉で、荒々しい言い合いが始まった。つかみ合いになりそうな二人を、周りの人たちが止めている。険しい顔をしてた二人が、なだめられ、肩をたたかれ、握手を交わした。そして、笑顔でジョッキを交わす。その間、五分にも満たない。

空良は身じろぎもせず、その様子を見つめていた。

「これが、新大久保だよな」

オレと空良は、目で会話するように微笑み合った。

オレたち中学生だって、新大久保と同じくらい……いや、それ以上に過酷な人間関係の中で生きている。

それでもこんな光景を見ていると、一歩、踏み出せそうな気がした。

「なぁ、空良は、どうして吹奏楽部に入ったんだ？」

「あたし？」

ふいをつかれたように驚いた顔をしたけど、空良は少し考えてから、照れたように言った。

「空に向かって、思い切りトランペットを吹きたくて」

ん？　意味が、よくわからない。

「お父さんと出かけたこと、あんまりないんだけど。学生のころ、勉強ばっかりしてたお父さんにとって、高校野球は憧れだったみたいで」

空良は、自然な笑顔で、父親のことを話しはじめた。

「小学生のとき、お父さんに連れられて、高校野球を見に行ったことがあるの。九回の裏で、負けてたチームが、二死満塁、逆転のチャンスになって……。でも、ツーストライクをとられたとき、スタンドはもうあきらめムードだった。そのとき、パーンッて、トランペットの応援歌が流れてきて」

空良の話を聞きながら、オレの頭の中にも、その光景がありありと浮かび上がった。

あと、一球。

追いつめられ、もうダメだと逃げ出しそうになる。

そのとき、突き抜けるような、トランペットの音が響いてきた。

まだ、終わってない。

深呼吸して、気持ちを奮い立たせる。

ぐっとバットを握り直し、グラウンドにスパイクをめりこませた。

ピッチャーが、振りかぶる。

ぎりぎりまで球を引きつけ、腋を引き締め、思い切り引っ張る。

キンッ。

「……打ったんだ？」

「うん。真っ青な空に、白い球が吸いこまれていって、すごくきれいだった」

空良の思い出と、オレの夢が、重なったような気がした。

「あたしも、あんなふうに吹きたくて」

「そっか」

焼けるような太陽の下、さーっと爽やかな風が吹き抜ける。

そんな場所に、空良といたい。

空良のために打ちたい。

誰かのために打ちたいなんて思ったのは、初めてだった。

9. 悲しみのパン …………藤崎空良

母が仕事で出かける週末は、ひとみさんに料理を教えてもらうことが日課になった。

「友だちのお姉さんに、料理を教えてもらうから」

母に心配をかけたくなくて、そんな嘘をついた。母は、電話口に出たひとみさんの丁寧な応対や、確実に料理の腕をあげているあたしの姿を見て安心したようだ。材料費といっしょに、デザートまで持たせてくれる。

「空良のお母さんは、ちゃんとした人だね」

ひとみさんにそう言われると、少し誇らしい気がした。

夕飯時になると必ず顔を出すから、すっかり翔とも打ち解けた。食事をしながら、キムさんやアパートの住人のことを、おもしろおかしく話してくれる。

国に家族を残して、建築関係の仕事をしているフィリピン人のアレンさん。専門学校で、中国語を教えている中国人の呉さん。ベトナム人のフォンさんは、老人ホームで介護士をしているという。

人種、国籍、宗教、貧富、仕事……。

違いなんて、挙げだしたらきりがない。

違うのは当たり前で、いけないことじゃない。

新大久保は、そんなことも教えてくれる。

あたしもあたしのままでいいと、胸を張れる気がした。


肌を焦がすような太陽が、朝から照りつけていた。

暑さから逃れるように、明大前の階段を下りていくと、連絡通路で翔に会った。

「よお」

「おはよう」

翔と井の頭線のホームに行くと、あかねが眉を寄せた。

「いっしょに来たの？」

「そこで、たまたま会っただけだよ」

あたしがそう言っても、

「怪しい〜」

と、疑(うたが)わしい目で見つめる。

あたしたちは、三人で電車に乗りこんだ。

「へぇ、あかねちゃんは、代田橋(だいたばし)に住んでるんだ。あそこ、沖縄(おきなわ)タウンがあるよな」

「よく知ってるね」

「オレ、麺類(めんるい)が好きでさ。ソーキそばがおいしいって、前にテレビでやってたから」

あかねと翔は話が合うみたいで、地元の話題で盛(も)り上(あ)がっていた。

「どうして、栃木(とちぎ)から代田橋に引(ひ)っ越(こ)してきたんだよ」

そういえば、引っ越してきた理由って、あかねに聞いたことがない。

「えっと……おばあちゃんが、いるから」

なぜか、あかねは口ごもった。

「ふーん。ところで、あかねちゃんはなんの楽器やってんの？　野球の応援(おうえん)にも来るの？」

こういうところ、翔はするどいなって思う。相手が言いにくそうなことを察知すると、素早(すばや)く話題を切(き)り替(か)える。しかも、自然に。

「わたしはクラリネットだよ。木管だから、炎天下(えんてんか)で吹(ふ)くのは無理だなぁ。音も、金管ほど大きくないし」

「そっかぁ。やっぱり、応援には金管楽器が向いてるんだな」

そう言うと、翔はにやっと笑ってあたしを見た。

恥ずかしくて、ついっと目をそらす。

どうして翔に、空に向かって吹きたいなんて言っちゃったんだろう。部活のみんなは、コンクールを目指してがんばってるのに、なんだか不謹慎な気がする。

「でも、応援には行くから、がんばってね！」

あかねが張り切って言うと、翔も「おう」と返した。

「オレ、ビシッとホームラン打つからさ」

駅に着くと、翔はひらりと手をあげて行ってしまった。

とたんに、あかねが騒ぎだす。

「ねぇ、なんかいい感じじゃない、翔と空良さん！」

「どこが？」

「翔も、なんかこう、円くなったっていうか、とげとげした感じがなくなったよね。あれなら、わたしも好きになっちゃいそう！」

あかねが、悪乗りして言ってくる。

「あ、野上さんだ」

「え！　どこどこ？」

あかねは背伸びをして、あたしの視線の先を追った。その隙にすたすた歩きだすと、あかねは顔を赤くして追いかけてきた。

「んも〜、空良さん嘘ついた！　ひどーい！」

「あかねが、変なことを言うからだよ」

あたしが言うと、あかねも笑った。

学校の近くに来て、校門の人だかりに気がついた。

「うわっ、抜き打ち検査だ」

あかねがあわてて、折りこんだスカートの丈を直している。校門では、先生が登校してきた生徒の制服や髪型のチェックをしていた。

翔が、つかまっている。

それを、数人の生徒が遠巻きに見ていた。

「おい、髪の毛、長いんじゃないか？　もっと、野球部らしい髪型ってのがあるだろ」

野球部の顧問である定森先生が、翔の髪をくしゃっと触った。翔は顔をしかめながら、にらみ返している。

「どうして、オレだけ……」

「いつも、野球部らしくとかなんとか、でかい口たたいてるじゃないか」

あたしとあかねは、様子をうかがいながらゆっくりと歩いた。翔は先生からも、目をつけられているようだ。

「チームをかき乱す暇があったら、まずは行動で示したらどうだ。まぁ、そんな覚悟もないんだろうけどな」

定森先生は、勝ち誇ったように言った。

「野球と髪型は、カンケーねーじゃん」

「そういう態度が問題なんだ。そんなことじゃ、試合にだって出せないぞ」

いやらしい切り札を突きつけられ、翔は黙りこんだ。

山本信一たち野球部の連中が、にやにやしながら通り過ぎていく。

試合と引き換えにして、自分の思いどおりにしようとする先生は、卑怯だと感じた。

こらえきれずに足を踏み出そうとするあたしを、あかねがあわてて引っ張っていく。

後ろを振り返りながら、何もできない自分が悔しかった。

夏に向けて、それぞれの部活の練習は、どんどん熱を帯びてきている。

運動部はメインの大会に向かい、文化部はコンクールや発表会に向かっていた。吹奏楽部もコンクールがある一方で、野球部の応援もたいせつな役割になっている。

「今年こそ、コンクールで金賞を取りましょう。卒業生に恥ずかしくない演奏をするよう、気合を入れて練習してください」

　部長の野上さんの声に、さらに力がこもる。

「一年生は、主に野球部の応援を、二年、三年は、コンクールをメインにやってもらいます。それぞれ、手を抜くことのないように！」

「はいっ」

　総勢、五十人の声がそろった。パート練習が始まり、それぞれの場所に分かれていく。

「野上さんの統率力ってすごいね。性格もよくて、成績もよくて、あんな人もいるんだなぁ」

　廊下を歩きながら、あかねに言った。いつもなら、「そうでしょ、すごいでしょ！」とはしゃぐところなのに、あかねはなぜか元気がない。

「すごいから、疲れるのかな」

「どういうこと？」

「たっちゃんの家、お医者さんなんだ。お金持ちだし、両親も学歴あるし。それに比べてうちは……」

「何それ。野上さん、そんなことを気にする人なの？」

　きつい口調で言うと、あかねは首を振った。

「ううん。そうじゃない。そうじゃないけど……」

あかねが口ごもっていると、後ろから野上さんがやってきた。

「藤崎さん、調子はどう？　中村って変わってるから、たいへんだろう？」

そう聞かれて、「いいえ、わりと気が合うんです」と答えた。

「そうだ、藤崎さんにも相談してみたら？」

野上さんは、思いついたようにあかねに言った。

「相談って？」

あかねに聞くと、顔をこわばらせて首を振る。

「いや、自分のクラを買えばって、勧めてるんだけどさ」

そう言いながら、野上さんはあたしに顔を向けた。

「学校の楽器を借りてたら、いつまでたってもうまくならないよ。だったら、ちょっといいやつ買えばって言ってるのに」

「でも、あたしも学校の使ってますよ？」

「金管は、家に持って帰って練習するってわけにいかないから、しょうがないよ。でも、木管はさ。家の人に聞いてみればいいのに、あかねって強情なんだ」

「だって……」

うつむいたままのあかねが、困っているのがわかった。

「高いのもあるけど、あかねだったら、二十万くらいのでいいんじゃないかな」

それでも畳みかけてくる野上さんに、少しむっとした。

「あの！」

あかねの前に立って、野上さんを見つめる。

「うちは父がいないから、余計なお金は出せません。野上さんにとっては、たいした金額じゃないかもしれないけど、それぞれ事情があると思うし」

野上さんの顔が、パッと赤くなってゆがんだ気がした。

「……そう。それはたいへんだね。でも、藤崎さんには言ってないから」

冷たい声で言うと、クラの練習場所とは逆のほうに行ってしまった。

「なんか、怒らせちゃったみたい」

あたしが言うと、あかねは「ううん、いいの」と沈んだ声で言った。

「それよりごめんね、あんなこと言わせちゃって」

あかねに言われて初めて、父がいないことを自分から口にしたことに気がついた。

「もう、何を言われても、気にしないって決めたの」

父が失踪したことは事実だし、そういうこともすべて含めて、あたしなんだと今なら言える。

「そう。わたしはダメだなぁ」

つぶやいたあかねは、落ちこんだ様子で、クラの練習場所に行ってしまった。

つきあってると、お互いのいいところも悪いところも見えてくるのかもしれない。

もし、翔とつきあったら……。

そんな考えを、あわてて打ち消した。

あたしは楽器と楽譜を持って、トランペットの練習場所である三階の講堂に向かった。

「今日も、あっちーよなぁ」

パートリーダーの中村さんが、うちわで顔をあおぎながら、次々と窓を開け放っていった。

「一年生、どう？　使えそう？」

中村さんが、遠慮ない口調で聞いてくる。

「大丈夫だと思います。けっこう、根性あるし。一年のときの自分を見てるみたいで、もどかしいですけど」

「いや、一年生のときの藤崎のほうがたいへんだったぞ。すぐにめそめそしてたし」

「めそめそなんてしてませんよ」

中村さんは、相変わらずの毒舌だ。

「ま、オレたちはコンクールと定演が終わったら引退だし、あとは任せるよ。あ〜、受験勉強やだなぁ」

そう言われると、とたんに寂しくなる。三年生の存在の大きさを感じた。

「コンクール、去年は銀賞でしたよね。今まで、金賞を取ったことあるんですか？」

聞くと、中村さんは考えこんだ。

「今んとこ、三年連続銀賞。金賞を取ったのは……もう五年以上前かな」

「で、今年は？」

「どうかなぁ。いいとこいくと思うけど。何しろ、野上が部長だからな」

中村さんの言い方は、微妙に皮肉を含んでいるように聞こえた。

「そうですよね。みんな、野上さんのこと尊敬してるし」

あたしは、わざと野上さんを持ち上げるように言ってみた。

「ああ。野上はお坊ちゃんだし、成績も優秀。先生からも生徒からも人望があって……悪いところなんてないからな」

「そんな人もいるんですね」

「でも、恵まれすぎてるっていうのも、どうなんだろうな」

「え？」

ちゃかしてるふうでもなく、中村さんの顔は真剣だった。

「悲しみのパンだよ」

悲しみの、パン？

「ゲーテの詩。悲しみの中にそのパンを食したることなき人は……っていう一節がある。やっぱ人って、苦労しなくちゃダメなんじゃね？」

「ゲーテって……中村さん、文学少年なんですか？」

「いや、こういう蘊蓄語ったら、モテるかなと思って覚えてた」

しかめつらをしながら、真面目な顔で言うから、思わずふきだした。

「やっぱり、ダメ？」

「いえ、騙されそうになりました」

あたしは笑いながら答えた。実際、今の会話で、中村さんのことがますます気に入ったように思う。

「野上さんは、恵まれすぎてるから、悲しみを知らないっていうことですか？」

「まぁ、悪く言うわけじゃないけど、一見温厚そうなのに、上から目線だし、偉そうだし、自分が絶対だし」

「それ、十分悪口になってますよ」

「そう？　アイツばっかモテて、ムカつくんだよなぁ。じゃあ、自由練習」

中村さんは、うちわをパタパタ振りながら行ってしまった。

悲しみのパンか。

あかねの彼じゃなければ、野上さんがどんな人でもかまわないんだけど。たまに見せる、あかねの陰のようなものが気になるから、野上さんにはいい人であってほしい。

講堂の窓の外から、野球部の声が響いてきた。

あたしは、非常階段の踊り場に出た。ちょうど校庭を見下ろす位置にあって、野球部の様子がよくわかる。

無意識のうちに、翔の姿をさがしてた。

見つけた瞬間、息をのんだ。

帽子をとって額の汗をぬぐう翔は、丸坊主だった。

髪……切ったんだ。まだらになっているのは、自分で刈ったからだろう。

じわりと、涙がにじんだ。


——野球の応援、よろしくな。

翔はそう言った。自分を曲げてでも、試合に出たいんだ。

バッターボックスに入った翔は、ぐっとバットをかまえた。放たれた球を、芯でとらえる。

キンッという音とともに、球はぐんぐん伸びていった。

すごい。

連続して、長打が出た。

野球のことをよく知らないあたしにも、翔がうまいということはわかる。

あたしは、持っていたシルバーのトランペットを校庭に向けてかまえた。

お腹の底に、息をためる。

翔に、とどけ！

パーンと、澄んだ音色が校庭に響き渡る。一瞬、翔がこちらを見た。

あたしは、力いっぱい応援歌を吹き鳴らした。

10. 真実……高杉翔

夕飯を食べたあと、アパートの屋上で素振りをした。

昼間の太陽にさらされたコンクリートから、じんわりと熱気が上がってくる。周りの建物から届くかすかな明かりを頼りに、ただ無心にバットを振った。

風を切る音だけが、耳に届いてくる。

神経を研ぎ澄まし、白い球が青空に伸びていくことを想像した。

やっと、ここまできた。

小学生のとき、甲子園というものを知った。

オレも、あそこに行きたい。あそこで野球がしたい。

焦がれるほど熱い思いを抱えながら、着々と準備を進めてきた。スポーツ推薦で強豪校に入るために、全国中学校軟式野球大会で、上位に食いこめる中学を選んだ。坊主になるくらい、どうってことない。

こめかみから、汗が流れ落ちる。何度もつぶれて固くなったマメが、また痛んできた。

山本信一もそうだけど、速球を投げる投手が増えたなと思う。でも、タイミングさえ合えば、長打にする自信があった。そのためには、バットを振りこんで、スイングスピードをあげるしかない。

「カーケールー」

「うわっ」

すぐ近くで声がして、びっくりした。カチッと、ＬＥＤランタンの灯りがつく。

「キムさんか。危ないなぁ」

こっちはバットを振ってるんだから、少しは考えてほしい。

ふぅっと息をついて、汗をぬぐった。

「まったく、相変わらず、へなちょこスイングだな」

「へなちょこの意味、わかってるか？　早く日本語覚えろよ」

むっとして言い返すと、キムさんはよっこらしょとコンクリートの地面に座りこんだ。どうやら、夕涼みに来たらしい。

「星が見えんなぁ」

空はうっすらと、白くにごっている。

「ここ、東京のど真ん中だぜ。見えるわけねぇじゃん」

「つまらんな。オレの故郷では、土星のわっかだって見えた」

嘘つけ。絡むのも面倒だから、スルーした。

「たまには、母屋に帰ったらどうだ。すぐそこだろ」

キムさんが、無表情に言う。母屋っていうのは、つまりオヤジのところだ。

「キムさんには関係ないだろ」

言いながら、思い切りバットを振った。

キムさんは、オヤジに肩入れするようなところがあって気に入らない。大家だからといって、そんな気をつかうことはないのに。

「あの、空良っていう女が好きなのか？」

「え？」

とたんに力が抜けて、バットがすっぽ抜けそうになった。別の汗が出てくる。

「んなわけないだろ。オレは野球一筋だ」

「ま、不器用なオマエが、あっちもこっちも要領よくできるわけないか。しかし、女に縁がないから、慣れてないのが心配だ」

「さっきから、何を失礼なことばっかり言ってるわけ？　ひとみだって女だろ」

「あれは、女とは言わない」

それに関しては、言い返す自信がなかった。キムさんのせいで、ちっとも集中できない。

「母親がいないというのも、困ったもんだな」

わざとらしく、大きなため息をつく。

母親という言葉に、オレの心はかき乱された。

ときどき夢の中で、微笑みかけてくる女の人を見る。その顔はふんわりとやわらかく、いつくしむような笑顔であることだけはわかるけど……。

でも、ぼんやりしすぎてて、それが誰なのかわからない。

オレは素振りをあきらめて、コンクリートの上に大の字になった。にじむような月が、かろうじて見える。

小さいころから、母親は数年ごとに、時には月ごとに替わる存在だった。しかも、話す言葉もまったく違う。そのせいか、オレはしゃべりはじめるのが遅かったという。

小学校の入学式で、同じクラスのやつらに指をさされた。

「高杉くんのお母さん、変なの。だって、ぜんぜん似てないし」

たまたまそのときは、ブラジル人の〝母〟だったから、似てないのも当然だ。

無邪気な発言だけど、当時のオレは、その奥に隠された意味が理解できる年になっていた。

だから悔しくて、混乱して、気がついたらそいつを殴っていた。泣きながら手を振り回し、馬乗りになって、入学式をめちゃくちゃにした。

先生に抱き上げられ、ブラジル人の〝母〟のもとに連れていかれたけれど、〝母〟は謝るでもなく、何が起きたかわからないというような大げさなゼスチャーで、肩をすくめるだけだった。

母親は、一人に一人だけ。

頭のどこかでは、そんなことはとっくにわかってた。でも、認めたくはなかった。だったらオレの母親は、誰なんだということになる。

「カケルの父、カケルのことを心配してたぞ」

「はっ、よく言うぜ。さんざん放っておいたくせに」

何度オヤジに聞いても、本当の母のことは教えてくれなかった。そして、また別の女を連れてきて、「次の母親だ」と言った。それは〝母〟という名の養育者でしかない。

中学になってからは新しい母を拒否して、どうしても必要なときは、ひとみに保護者の代わりになってもらった。

「親は、どんな人間でも、いつまでも、親であることに変わりはない。オレの父だって、国でいまだにオレのことを心配している」

「それは、普通の親だからだろ」

「そんなに、父を責めるな」

「無理。オレが甲子園に行きたい理由、わかるか？」

キムさんは、少し間を置いた。

「母に見つけてほしいから、か？」

すぐに言い当てられ、心の中で舌打ちした。言葉にすると、それは幼稚で恥ずかしいことのような気がする。

でも、やはり思ってしまう。

日本のどこかにいるなら、甲子園でテレビに映ったところを見るかもしれない。そんなわずかな可能性に、望みをかけている。

「……悪いかよ」

「いや。カケルにとっては、野球が救いなのだろうからな」

悔しいけど、キムさんの言うとおりだ。

小さいころ、母がいなくて、父にも放っておかれた、オレの唯一の救いは野球だった。朝から晩まで、打って走って投げていれば、余計なことを考えずに済んだ。

近所には、いろんな国籍の友だちがいたけれど、球を投げて打つというシンプルな遊びに言葉はいらなかった。

やっていいことも悪いことも、親ではなく、すべて野球から学んだ。あのとき、親のことでひねくれず、誰かを傷つけたり、傷つけられたりせずに生きてこられたのも、野球のおかげだ。

「それだけじゃない。甲子園に出て、早くプロの選手になりたいんだ。そして、さっさとオヤジから自立してやる。あんなやつの世話になるのは、まっぴらだ」

オヤジのようにだけはなりたくなかった。祖父から受け継いだアパートの家賃で生活しているから、まともに働いてるところを見たこともない。

キムさんは悲しそうな顔をして、オレをじっと見つめた。

「もう、父を憎むのはやめたらどうだ」

「無理だって」

小さいころから、少しずつ積み重なってきたものだ。いまさら、やめるとかそういう問題じゃない。

「キムさんだって、オヤジのこと知ってるだろ？　酒癖と女癖が悪くて。きっとオレの母親だって、あのオヤジに泣かされて、追い出されたに決まってるんだ。オレは、絶対に許さない」

オヤジの口から母のことが語られたことはないけれど、どんなパターンを想像しても、行き着くところはそこしかなかった。オヤジがみずから言わないことが、何よりの証拠だと思っている。

オレとキムさんの間に沈黙が流れ、どこかのカラオケ店から、歌声が聞こえてきた。さすがのキムさんも、説得するのをあきらめたんだろうと思った、そのとき。

「こう考えたことはないか」

と、静かな口調で語りはじめた。

「カケルの母は、金を稼ぐために日本に来た。そして金目当てで、この辺りの不動産を持っている、カケルの父に近づいた」

「おい、ちょっと待てよ!」

オレは、がばっと起き上がった。

「黙って聞け。これは、昔ここに住んでた、アパートの住人から聞いたことだ。本当かもしれないし、でたらめかもしれない。しかし、父の口から語られることがないなら、いつかオレが言おうと思ってたことだ」

いつもと違う、キムさんの厳しい口調にひるんだ。

「しかし、母は情の深い人間だった。本気で自分を愛してくれる父に、しだいに母も惹かれていった。そして、カケルを身ごもったのだ。父は結婚したいと願ったが、母には国に残してきた、夫と子どもがいた」

そんな、バカな……。

オレは耳をふさぎたかった。そんな話は聞きたくない。

「カケルの父は、怒り、失望し、苦しんだ。だが、産みたいと懇願する母を見て、子どもさえいれば、母は自分のもとを離れないかもしれないと思った」

そんなの……、オレを利用するようなマネ……身勝手じゃないか……。

「それからカケルが生まれ、三人はいっしょに暮らしはじめた。それは、傍から見ても幸せそうな、家族そのものだったそうだ」

三人。

オレとオヤジと母親は、いっしょに暮らしてたっていうのか？ そんな記憶は……。

「ところが、カケルが二歳になったころ、国で夫が倒れたと連絡があった。夫や子どもを見捨てることができなかった母は、国に帰る決心をした。父もそれを止めることはできなかった。ただ、カケルを連れていきたいという母の申し出だけは、受け入れなかった」

「なぜだ！」

オレはキムさんの腕をつかんだ。どんなに手繰り寄せようとしても、二歳の記憶は手の中をすり抜けてしまう。

「母の国は貧しく、母の家はさらに貧しい。日本にいれば、少なくとも金で不自由な思いをさせずに済む。その選択こそが、母と父のカケルに対する愛だったのだ」

「でも……それじゃあ……」

オレは目をつぶり、コンクリートに爪を立てた。

「母は、カケルを父に託し、国に帰った。父は母を忘れるために違う女を探したが、代わりになるような女は見つからず、酒におぼれた」

「嘘だ……」

「日に日に母に似てくる息子にも、どう接していいかわからない。せめて、世間で言われているように、息子とキャッチボールをしようと思ったけれど、不器用な父は、グローブをプレゼントするので精いっぱいだった」

「違う！　あれは、オレのことがうっとうしいから遠ざけたくて……。だったらどうして、オヤジはそう言わないんだ！」

頭の中が混乱して、震えるほどこぶしを握りしめた。体の奥から、どろっとした塊がこみあげてきて、何度もつばをのみこんだ。

「こんな事情を、わが子に話せるか？　子どもを傷つけたい親はいない。それにさっきも言ったとおり、オレも聞いた話だ。本当かどうかは、わからない。だが、な……」

キムさんは続ける。

「真実なんて、あってないようなものだ。それよりも、もっとたいせつなものがある。オレはカケルに、憎しみにのみこまれたまま生きてほしくない。憎しみは、憎しみしか生まないことを、カケルもこの街で見てきたはずだ」

見てきた。憎悪が憎悪を呼び、嵐のように吹き荒れる様を。だけど……。

「オレは違う！　オレには、憎む権利がある！」

「憎む権利か。みんな、そう思ってるんだろうな。しかし、そう思っている限り、先には進めない」

「だったら、どうしろっていうんだ！」

オレは、たいせつにしていた右手をコンクリートに打ちつけた。

「冷静になれ。自分の感じたことを信じろ。カケルはカケル自身で、生きる力を養い、前を向いて歩くんだ」

キムさんが、ゆっくりと立ち上がる。

バカ野郎。ふざけんな。勝手なことばかり言いやがって！

「これをつぶして、マメに巻きつけとけ」

そう言って、階段を下りていった。ランタンの隣に、新聞にのせた朝鮮人参が置いてある。

なんなんだよ……。

心の支えが、無残に崩れていく。何もかも、わからなくなる。

赤い光がゆっくりと明滅する新宿のビル群が、ぼうっとかすんで見えた。


学校には行ったけど、今まで休んだことのない部活はサボった。

キムさんの言ったことを丸ごと信じたわけじゃない。でも、そうなのかもしれないと思うと、息が止まりそうなほど胸が苦しくなる。球を持つことさえできなかった。

「おい、昨日はどうして練習休んだんだよ」

山本信一が、眉をひそめて聞いてきた。

「無断で休むなんて正気か？　先輩が怒ってたぞ。もう、レギュラーも危ないかもな」

勝ち誇ったように、山本が言う。

「あっそ。今日も休むから」

野球のことは、思い出したくもなかった。さっさとどこかに行ってほしい。

「おまえ、レギュラーじゃなくなってもいいのかよ!?」

焦った顔で、問いかけてくる。

レギュラーか……。

半年間の球拾いから解放され、一年生の秋ごろ、ようやく練習に参加することができた。そして冬に行われた紅白戦は、互いの実力をかけた真剣勝負だった。

四打数三安打。先輩から二本のヒットを奪い、山本からホームランを打った。飛び上がるほどうれしかったけど、山本のことが気になって、ぐっとこらえて淡々とベースを回った。それが逆に、先輩たちから生意気だ、おごっていると取られたことも知っている。

そんなふうにして、やっと手に入れたレギュラーの座を、アパートのみんながお祝いしてくれて……何があっても、けっして誰にも譲らないと心に誓った。

あれほど執着してたはずなのに、自分でも不思議なほどだ。

野球に対する興味が、急速に消えていく。

我ながら情けないと思う。野球がその程度のものだったのかと思うと、自分のちっぽけさを痛感した。

一日休めば、その分取り戻すのに、三日はかかる。

でも、やる気が起きなかった。

野球だけが心のよりどころだったのに、続ける理由をなくしてしまった。

現実に目を向けるのが、つらくて苦しくて、授業中も休み時間も寝てばかりいた。

ただ、空良の視線は感じた。

何か言いたげな顔をするたびに、オレは目をそらした。

キムさんと会っても無視したし、ひとみの料理は食べたふりをして捨てた。

定森に呼び出されても沈黙し、先輩たちからこそこそ逃げ回りつづけた。

話しかけるなと、強いオーラを発したけれど、それでも声をかけてくる野球部の連中がいる。

「体調が悪いって、大丈夫か？」

「家族が病気だって？」

心配そうに聞いてくるから、なんなんだと思ってたら、山本がそんなふうに先輩たちに説明しているのだと知った。

バレバレなのに、かばってるつもりか？

あれほどオレを疎んじてたくせに……いまさら遅いんだよ、と毒づく。

でも、都大会が始まれば、それどころじゃなくなるだろう。オレを気にかけるやつもいなくなる。

もう、戻れない。

心がどんどん重くなり、闇に堕ちていく。

どれだけ苦しめれば気が済むのかと、オヤジどころか、母親までもが憎くなった。

憎しみにのみこまれるなだって?

違う。憎しみがなければ、生きてる意味さえない気がした。


日曜も練習があるのはわかってたけど、ずっと寝ていた。目が覚めても、また目をつぶる。

もう、朝なんて来なくていいと思った。

昼を過ぎて、カーテンの隙間から、強い日差しが入ってきた。あまりの暑さに寝てられなくなり、仕方なく起き上がる。

冷蔵庫を開けてスポーツドリンクを取り出すと、ふたを取るのももどかしく飲み干した。気持ちとは裏腹に、エネルギーを欲している体が悲しい。ふと見ると、いつも空同然の冷蔵庫に、皿にのせられたにぎり飯が二つ入っていた。

ひとみか……。

夕飯とは別に、にぎり飯を用意してくれていたようだ。

どういうつもりだ。夕飯を食べてないことを知ってるのか? いや、それなら烈火のごとく怒るだろう。顔に似合わず、食べ物を粗末にすることを何よりも嫌う性格だ。

これも捨てるかと思い、伸ばしかけた手が止まる。

以前、にぎり飯を作ってくれと頼んだら、手がべたつくから嫌だと、ひとみに断られたことを思い出した。

冷蔵庫を閉めて、布団に戻ろうとして思い直す。窓を開けてみたけれど、生暖かい風しか入ってこなかった。

チリリリ……、リン。

かすかに、風鈴の音が聞こえる。母屋の縁側からだ。見ると、蚊取り線香の煙がゆらめいていた。

オヤジがいる……。

心の中の暗闇に、小さな火がついた。

何かに導かれるように玄関に向かい、スニーカーをつっかけると、ふらりとアパートを出た。

ブロック塀を回って、母屋の門をくぐる。玄関に、鍵はかかっていなかった。

スニーカーを脱ぎ棄てると、しっとりと湿った空気をかき分けるように進んだ。広いが、古い家だ。廊下を歩くたびに、きしきしと音がする。

ほんのわずか、お香のにおいが漂っていた。今度の女が持ちこんだ、どこか遠い国のにおいだ。

台所の水道の蛇口から、水がぽたぽた落ちている。

半分開いた居間の戸口に立つと、ちゃぶ台の前にオヤジが座っていた。まだ昼過ぎだというのに、背中を丸めて酒を飲んでいる。

それまで抑えこんでいた怒りが、音を立ててはじけ飛んだ。

「おいっ！」

オヤジの背中が、びくっと動いた。でも、振り向こうとはしない。小刻みに震えているように見えた。

オレはオヤジの腕を取り、無理やり立たせた。両肩をつかみ、揺り動かす。

「本当のことを話せ！　オレの母親は誰なんだ！　どこの国のどんな人間なんだ！　オレは……何者なんだ！」

ハッとした。

しばらくまともに見ていなかったオヤジの顔にはしわが増え、耳の上のほうには白髪が生えている。それだけで、十歳は老けて見えた。乾いた皮膚の上を、涙がひと筋流れていく。

「かけるぅ……。捨てないでくれ。オレを一人にしないでくれぇ」

そう言って、肩を震わせすがりついてくる。赤ら顔で、酒臭かった。

「何言ってんだ！」

引きはがそうとしても、子どものように声をあげて抱きついてくる。

今まで、オヤジに必要とされたことなんてなかった。オレのことはすべて、そのときの愛人に任せきりで……。

言葉の通じない〝母〟を相手に、オレはいつも戸惑っていた。

愛情を注いでくれる人もいたし、抱きしめてくれる人もいた。でも一方で、暴力を受けたこともあるし、放置されることもあった。

いつしかオレは、自然と相手の顔色をうかがうようになった。

この人は、敵か、味方か。

危険か、危険じゃないか。

それは動物的な本能であり、生きるための術だった。

母の歓心を買いたい。愛されたい。生き延びたい。

言葉を覚える才能も、命がけの必死さゆえだった。

でも、そんなふうにして勝ち取った母の愛も、オヤジの身勝手な言動ひとつで終わってしまう。本当の母なら、死ぬまで……いや、たとえ死んだって母のはずなのに！

やがてオレは、オヤジが連れてくる母というものに期待するのをやめた。

関わらなければ、別れだってつらくない。

オヤジに捨てられ泣きすがっている女を見ても、そんなオヤジとつきあうのが悪いんだと、見て見ぬふりをするしかなかった。

でも、それも限界に達して、オレは家を出た。

それなのにいまさら、「一人にしないでくれ」だと？

「ふざけんなっ」

オレは、オヤジの顔を殴った。オヤジの体は人形のように軽く、大きくよろけて畳の上に転がった。

歯が当たって、こぶしから血が流れた。

こぶしが、全身が、ずきずきと痛む。

だらんと両手をさげると、オレは母屋を出た。


何も知ることはできなかった。

ただ、オヤジの目を見てわかった。あの目は、オレが母らしき人の夢を見て、目覚めたときと同じ目だ。

オヤジもオレと同じくらい、愛情に飢えている。

あの一発で、許すことなんてできない。でも、もう憎むこともできない気がした。

これから、どうすればいいんだ。

オレは、つっかけたスニーカーを引きずるようにして、ふらふらしながらアパートに戻った。

もう一度、寝よう。

悪夢が覚めるまで、何度でも。

階段を上って顔を上げると、目の前に空良が立っていた。ひとみの部屋に向かうところのようで、スーパーの袋を手にさげている。

「翔！」

空良が、目を見開いて駆けよってきた。

「どうしたの⁉　血が出てる。すぐに手当てしなくちゃ」

「いいよ」

オレはぶっきらぼうに言うと、乱暴にドアを開けて中に入った。

「よくない！　ちゃんと洗って……」

追いかけてきた空良は、玄関に荷物を投げ出すと、オレの手を引いて蛇口を開けた。

「いいって！」

無理やり手を引き抜くと、空良のおびえた目とぶつかった。

「翔……どうしたの？　何があったの？」
水道の水が、勢いよく流れつづける。
「あたしじゃ、ダメ？　あたしには、言えない？」
まっすぐに向けられる視線に、足元がゆらいだ。
そんな目で、見るな。
オレは手を伸ばし、空良を抱きしめた。
壊れそうだと思いながら、いっそいっしょに壊れたいと思った。
腕の中でもがいていた空良が、ふいに力を抜いた。
オレの背中に手を回し、トントンとたたきはじめる。
小さい子をあやすように。いつくしむように。
「大丈夫、だから……」
慈愛に満ちた声とぬくもりに、懐かしさがこみあげる。
そのとき、夢の中で微笑みかけてくる、女の人の顔をはっきりと思い出した。
なんだよ、いまさら。
ぐっと、涙がこみあげてきた。
もう、やめてくれ。

放っておいてくれ……。

嗚咽が漏れて、みっともない姿をさらしてしまいそうだった。

とっさに空良の体を引き放すと、視界をふさぐように顔を寄せた。

空良が身をすくめる。顔を背けられ、唇が空良の頬にかすかに触れた。

次の瞬間、思い切り突き飛ばされた。壁にぶつけた背中が、ずるずると沈みこんでいく。

「どうしてよ！」

空良の傷ついた視線が突き刺さる。目をそらしたオレは、喉の奥からかすれた声を絞り出した。

「もう、来るな。二度と……」

後ずさって、空良が外に飛び出していく。カンカンカンと、階段を駆け下りる音がした。

すべてが、どうでもよかった。


部活を休みつづけて、一週間が過ぎた。

学校には行きたくない。でもだからといって、キムさんやひとみのいるアパートにもいたくなかった。

時間をつぶすために、新宿の辺りをうろついた。

制服を着た同い年くらいのやつらが、ゲーセンやカラオケ店にたむろしている。今までは、あんなやつらの心境がわからなかった。そんな暇があるなら、もっとやりたいことをやればいいのにと思ってた。

でも、今ならわかる。

居場所も、やりたいこともなければ、ああやってふらふらするしかない。

そう思いながらも、オレは怖かった。

ここでは、転がり落ちるのは簡単だ。

あんなふうにしてはまりこみ、這い上がってこられなくなったやつらを何人も知っている。もうどうでもいいと思ってるはずなのに、かすかにオレを引き留めるものがある。それがなんなのか、わからない。

新宿から歌舞伎町を抜けて歩いていると、懐かしい音がした。

キンッ。

球を打つ音に、胸が震えた。体の筋肉が反応して、ぐっと引き締まる。

オレは吸い寄せられるように、音のするほうに近づいた。

ゲーセンの二階にある、バッティングセンターを見上げる。

まだ、あったんだ。

オレがここに来たのは、小学校に入って間もないころだ。保護者といっしょじゃないと入れないというから、オヤジに無理やり頼みこんだ。オヤジはめんどくさそうについてきて、オレが打つのを見ながら、酒を飲んでいたのを覚えている。

もしキムさんの言うとおり、オヤジがオレとキャッチボールをしたいと思ってたなら、オレが野球することを応援してたんだろうか。だから、めんどくさそうなふりをしながらも、ついてきてくれたのか……。

まさかっ。

そんな妄想を打ち消した。

オヤジは野球の応援に来たこともないし、いつだって無関心だった。

家を出て、アパートに住むと言ったときだって、「勝手にしろ」と冷たかった。

でも……。

「翔っ！」

ぴったりとした赤いワンピースを着た女が、ヒールのかかとを鳴らして、ものすごい形相で走ってくる。仕事に行く途中のひとみに見つかってしまった。

「あんた、こんなところで何やってんの！」

「今日は……野球、休みだから」

うろたえて、つい嘘(うそ)をついた。とたんに、パシッとはたかれる。

「バレバレなんだよっ。キムさんに聞いてるんだから。わたしが作った料理も食べてないでしょ！　そのうち立ち直るかと思って黙(だま)ってりゃ、いい気になって……」

やっぱり、ばれてたのか。

ひとみは、オレの心配をしてるというよりも、料理を捨(す)てられたことに激怒(げきど)しているようだった。

「こんなところにいてどうすんのさ！　ここで道を外したら、奈落(ならく)の底(そこ)にまっしぐらだからね。あたしゃ、そんなやつらをごまんと見てるんだ！」

ひとみが言うと、真に迫(せま)っている。

「オレの勝手だろ」

顔を背(そむ)けて、肩(かた)を怒(いか)らせた。

「かっこつけんな！」

また、パシッとはたかれた。

「世の中には、どうしようもない親だってたくさんいるんだ。ムカつくかもしんないけど、親だって人間なんだよ！」

そんなの、わかってる。

わかってるけど、産んだんだから、責任をとれと言いたくなる。

　うっうっと、うめくような声に顔を上げた。ひとみが泣いてる!?

「情けない」

「な、何がだよ」

　思わずあわてた。ひとみが泣く姿なんて見るのは初めてで、想像すらしたことがなかった。

「親じゃないと、ダメなのか？　翔をたいせつに思って、好きでいるのは、親じゃないとダメなのか？　わたしやキムさんや、アパートの住人たちじゃ、ダメなのか!?」

「ひとみ……」

　オレがアパートに住むようになってから、ずっと食事の世話をしてくれた。オレのたわいないバカ話にもつきあってくれた。ひとみが本当のアネキだったら、と思ったこともある。

　キムさんだって。

　毎日、オレが帰ってくるのを待っててくれた。おかげで、「ただいま」と言う相手がいない寂しさを感じたことはない。

　アパートの連中は、下手な日本語で書いた手作りの垂れ幕を持って、試合に駆けつけてくれた。

　いつだって、オレは……。

顔を上げて、ぎょっとした。

「ひとみ……顔が」

ぐちゃぐちゃなんだけど。目から黒い涙が流れて、つけまつげがとれかかっている。

「はぁ？　顔のことなんてどうでもいいのよ。わかった？　とにかくあんた、キムさんに謝りなさいよ。あと、今日作ったご飯を捨てたら、承知しないからね！」

ひとみは言い捨てると、ものすごい勢いで歌舞伎町に向かっていった。


アパートに着くと、今日もキムさんは竹ぼうきで掃除をしていた。

ひとみにああ言われたけど、そんな簡単に謝るなんてできやしない。だからといって、無視して通り過ぎるのもためらわれた。

一瞬立ち止まり、そっぽを向きながら「ただいま」と言った。

「一時間十一分早い」

キムさんの返事に、「え？」と問い返した。

「帰ってくるのが早すぎる。オマエは、オヤジと母親のためだけに、野球をやってたのか？」

そう言われて、考える。

野球は、オヤジにグローブをもらう前からやっていた。

「ほかに、やることがなかったから」

「だったら、野球じゃなくてもよかったはずだ」

そう言われれば、そうかもしれない。球技ならほかにもあるし、母親に存在を伝えるための手段だって、ほかにあるような気もする。

でも、オレは野球を選んだ。それ以外、考えたこともない。

……好きだった。

何があっても、野球への思いは、ずっと変わらなかった。

だとしたら……。

「空に、向かって」

「空良？　また、あの女のことか？」

キムさんが、顔をしかめる。

違う、真っ青な空だ。

青空に向かって、球を打ちたい。

「まぁいい。それでも野球をやめるなら、オレと焼き肉屋をやらないか？　なんなら、父親代わりになってやってもいい。さぁ、オレの胸に飛びこんでこいっ」

涙ぐんで両手を広げるキムさんの胸に、ぐいっとカバンを押しつけた。

「キムさん、これ、部屋に運んどいて」

オレは、駅に向かって走った。

一時間十一分。

今からいっても、練習には間に合わない。

でも、走らずにはいられなかった。

確かめたい……。

何を？

それが何かを、確かめたい。


セミの声が降り注ぐ並木道を駆け抜け、校門に走りこんだ。

フェンスの向こうに、グラウンドが見える。

やっぱり、終わってたか。

オレは肩で息をしながら、一年生がトンボをかけて整備している、グラウンドに足を踏み入れた。

「何しにきやがった！」

山本信一が、叫びながら走ってきた。三年生はとっくに帰って、残っているのは二年生が数人と一年生だけだ。一年生が、見て見ぬふりをしながら、オレと山本の様子をうかがっている。

「今ごろ来やがって！　三年生がいたら、おまえ、ぼこぼこだぞっ」

そうだろうなと思いながら、オレの口から出たのは違う言葉だった。

「山本が次のエースだなんて、オレは認めねぇ。あんな球で、全国大会狙えるなんて思うな！」

「おまえっ」

両手を伸ばし、山本がつかみかかってくる。グラウンドに緊張が走り、残っていた二年生と一年生が、オレと山本を羽交い絞めにした。

「やめろ！」

「今、事件起こしてどうすんだ！」

山本が、忌ま忌ましそうにオレの胸元から手を放した。

「打ってみろよ……。そこまで言うなら、オレの球、打ってみろ！」

吐き捨てるように言うと、背中を向け、ピッチャーマウンドに向かう。

オレはワイシャツを脱いでTシャツ姿になると、バッターボックスに向かった。

バットをかまえ、山本と対峙する。二年生の一人が、おずおずとミットを構えた。

久しぶりのバットの感触と土のにおいに、体が打ち震える。

ゆっくり息を吸いこむと、帰ってきたという感じがした。

静かだ。

赤く染まった夕日が、グラウンドに差しこんでくる。

一秒ごとに、球が見えづらくなっていた。

目をこらし、集中する。

ズンッ。

一球目は、あっという間だった。以前よりも球速が伸びている。試合に向けて、山本も調子を上げているようだ。

一週間のブランクは大きい。焦りと悔しさで、ぐっとバットを握り直した。

二球目。

思い切り、フルスイングした。

かすかにチッと音がして、バットをかすめた気がしたけれど、球はミットに吸いこまれていく。

ダメか……。

どうして野球を選んだか。

この先どうするのか。
何か、答えが見つかればと思ったけど、そんな簡単なものじゃないようだ。
「次で、最後だっ」
山本が叫ぶ。殺気さえ感じた。
「下手くそ、やめちまえ！　おまえがいなくたって、優勝してやる！」
山本が、ぎりっとこちらをにらみ、振りかぶる。
そのとき、校舎のほうからトランペットの音が聞こえてきた。
空良か？
プアア～という、頼りなさげな音。下手すぎる。一年生かもしれない。
いや、そんなこと、どっちだっていい。
今、オレがどう思うか。どう感じるか。
まだ、終わってない！
ぐっと足を踏みこみ、腋を引き締めた。
キンッ。
薄闇の中に、球がとけこむように消えていく。
やっぱり、オレは、野球がしたい。

「くっそ～！」

山本が、地団駄を踏んで悔しがっていた。

次の日、オレは顧問の定森、三年生と順に謝っていった。

かなり叱られたし、どなられもした。二年生には、肩をたたいてくれる者もいれば、無視するやつも、山本のように罵る者もいた。

それでも、野球ができるなら。

オレは平気だと思った。

ひとみの言うとおり、オレには野球しかないし、キムさんの言うように焼き肉屋はできそうにない。

母親のためでも、オヤジへの反発でもなく、野球がしたいと思った。

ランニングでも球拾いでもすると約束して、もう一度野球部に戻してもらった。

でも、空良に合わせる顔はない。

あのときのことを思い出すと、今でも顔が熱くなる。

最低だ、と思う。

空良の傷ついた目が、頭から離れない。いつからか、空良のことをたいせつに思ってた。それなのに、あんな目をさせてしまった。

謝ろうと思いながら、時間ばかりが過ぎていく。

空良を妹のようにかわいがってたひとみにも、悪いと思った。空良がアパートに来なくなって、張り合いがなくなったように気落ちしている。

明日こそはと、昨日も思っていたことを繰り返し、今日も練習を終えた。

11. 月夜……藤崎空良

連日猛暑が続き、夏休みも目前となった。

どの部活も勢いが増し、吹奏楽部も例外ではない。コンクールの課題曲と自由曲は着々と完成しつつあり、顧問の先生も「こりゃあ、もしかしたら、もしかするかもなぁ！」なんて、嬉々としている。

久しぶりに金賞が取れるかもしれないという期待を、みんなが持っていた。全員が一丸となって、ひとつの目標に向かって突き進む。そんな熱気に、あたしも自然と巻きこまれていった。

強い日が照りつける通学路を、あたしとあかねは木陰を選びながら歩いた。

「ねぇ、知ってる？　翔がまた、野球部に復活したって」

あかねが遠慮がちに言った。

「……そうなの？」

「うん。なんか、ずいぶん先輩や先生に謝って、戻してもらえたみたい」

「じゃあ、試合は……」

「どうかな。かなりブランクがあったし、すんなりとは、いかないと思うけど」

「そうだよね」

でも、よかった。

翔が野球部に戻ったことに大きく安堵し、そのことを知らなかった自分に小さく落胆した。

あのとき。

意を決して言ったつもりだった。あたしではダメなのか、と。

目に見えて弱っていく、翔の姿を見るのはつらかった。

消えてしまいそうな翔を、抱きしめずにはいられなかった。

でも翔は、自分の力で立ち直ったんだ。あたしは必要じゃなかった。

「空良さんは、まだ翔と仲直りしないの？」

「仲直りするも何も、最初からそんな関係じゃないし」

「また、そんなこと言って。空良さんは強いなぁ」

「そんなことないよ」

その証拠に、あかねの口から翔の名前が出るたびに、胸の奥がずきずきと痛む。

「この間だって、わたしのこと、守ってくれたじゃない」

そう言ってうなだれるあかねを見て、野上さんとの会話を思い出した。

「あたしはただ、野上さんの言い方が引っかかっただけ。でも、あかねの前で言い過ぎたって反省してる。ごめん」

野上さんに腹を立てながら謝るあたしを見て、あかねはぷっとふきだした。

「空良さんと翔って、似てるね」

「似てないよ！」

思わず、強い口調になる。

「あんな、ガンコで、口が悪くて、単純で、後先考えないやつ……」

感情がこみあげてきて、ぐっと喉がつまった。

「空良さん、やっぱり翔のこと、好きなんじゃない？」

あかねが、あたしの顔をのぞきこむ。

「……どうして」

「ずっと元気がないもん。好きだから、苦しいんだよ」

そんなことない、違うと、自分に言い聞かせる。

「あかねのほうこそ元気がないよ。野上さんとケンカでもしたの？」

「ううん。ケンカなんてしてない。ただ……」

続きを待ったけど、言葉は出てこない。そして顔を上げたあかねは、明るい表情に戻っていた。

「来週の肝試し大会、楽しみだね」

夏休みに入った最初の日、吹奏楽部創設以来の伝統行事、肝試し大会がある。部活の時間を延長し、一年生を脅かして、上下の交流を深めようという企画だ。

厳しい練習の合間の息抜きで、みんなひそかに楽しみにしていた。三年生なんかは一年生が何人泣くか賭けたり、どんなお化けに扮するか試行錯誤したり、受験勉強の憂さ晴らしもかねているように見える。

「たっちゃんと回りたいけど、二、三年はお化けと裏方役だなんて残念」

「野上さん、ドラキュラ役だっけ？」

「うん。似合うだろうなぁ。たっちゃんはかっこいいもん」

あかねは、さきほどの様子なんてみじんも見せない笑顔で言った。

温和で優しい野上さんが、冷徹で非情なドラキュラ役をやるのか。

その姿を想像すると、案外似合っているような気がした。

肝試し大会の朝、あかねはいつもの待ち合わせ場所に現れなかった。

あたしは明大前で二本見送ったあと、仕方なく電車に乗りこんだ。連絡もなく時間に遅れるなんて、初めてのことだ。

駅でもぎりぎりまで待ってみたけれど、姿を見せないから、走って学校に行った。

肝試し、あんなに楽しみにしてたのに。

部活が始まって、お昼どきになってもあかねは現れなかった。野上さんに聞いてみようか……そう思ったとき、

「あかねちゃん、お休みだって？」

と、クラリネットパートの子に聞かれた。

「え……そうなの？」

逆に尋ねると、その子はうなずいた。

「野上さんに、風邪って連絡があったみたい」

「そう」

なんとなく腑に落ちなかった。

どうしてあたしには連絡をくれないのか。そんなに具合が悪いんだろうか。

六時に練習が終わると、みんなそわそわしはじめた。一年生は音楽室に集められ、気分を盛

り上げるために、先生から無理やり怪談話を聞かされる。その間に二、三年生は、それぞれの担当に分かれて、肝試し大会の準備をする。

三年生はお化け役や驚かす役で、二年生は小道具、大道具を用意する。こんにゃくを糸でたらしたり、吹奏楽部らしく効果音を流したり、どれもこれもオーソドックスだけど、内容は年々凝ったものになっている。

肝試しの順路は、吹奏楽部の部室から、渡り廊下を歩き、新校舎を経由し、屋上にある吹奏楽部の倉庫まで行く。そこは現在使われていない小屋のようなもので、古い楽器が置かれていた。

あたしの担当は、倉庫に置くおふだを作る係だ。一年生は一人ずつ部室を出発し、倉庫にあるおふだを持って帰らなければいけない。いちばん楽そうな係と思ってあかねと選んだのに、肝心のおふだはあかねが持っていて、また作り直さなければいけなかった。

ＵＳＢに入れたデータ画像は持っている。それをコンピュータ室で印刷してから切り分けるだけなのに、肝心のプリンターが紙づまりを起こして、てこずった。

開始は七時。みんな自分の仕事に必死だから、助けてもらうわけにはいかない。

プリンターのあっちこっちを開いてつまった紙を引きずり出し、ようやく印刷し終えた用紙を、急いで教室に持ってきた。あとは、これを切り分けるだけだ。

「おい、藤崎、いるかぁ！」

ガラッと扉が開いて、血だらけのゾンビが現れた。

「ひゃっ！」

目を見開くと、ゾンビがにたっと笑った。

「中村さん!?」

「どうだ？　すごい迫力だろ？」

「ま、まぁ」

口は耳までさけ、顔半分は血だらけ。目の周りは真っ黒で、怖いというか、やりすぎ……。

「おふだはできたか？　もう始まるぞ！」

「すみません！　あとちょっとで……」

あたしはますます焦った。時計を見ると、十分前だ。

「それがないと始まらないだろ。できたら、屋上の倉庫の机にさっさと置いてこい。わかったな！」

「はいっ」

重ねた紙を、はさみでざくっと切る。雑だけど、そんなことにかまっていられない。トンッとそろえると同時に立ち上がった。ここから屋上まで、かなりの距離がある。

「もう！　そんなに言うなら、中村さんが代わりに行ってくれればいいのに」

あたしは文句を言いながら、渡り廊下を走った。日が長くなったとはいえ、太陽は沈みはじめ、薄暗くなってきている。誰もいないのをいいことに、熱気のこもった校舎を、力いっぱい駆け抜けた。

階段を上りきって、肩で息をする。

ふだんは鍵のかかっている重い扉を開くと、屋上に出た。辺りには誰もいなくて、倉庫も静まり返っている。ここにもお化けが配置される予定だけど、まだ来ていないようだ。

あたしは大きく深呼吸して、倉庫のドアを開けた。

ギギッと錆びついた音とともに、かび臭いにおいが鼻をつく。ひとつだけある小さな窓からの明かりで、中の様子がかろうじてわかった。

古い楽器ケース、いす、譜面台なんかが、所せましと置いてあり、積み重ねられている。

その真ん中に、ぽつんと木の机が置いてあった。

そこにおふだをのせ、急いで外に出ようとしたとき、ハッと息をのんだ。

ドアをふさぐようにして、シルエットが浮かんでいる。

真っ黒いマントのドラキュラ。

「野上さん……」

中村さんのように化粧をしているわけでもないのに、なぜか野上さんのドラキュラ姿を見て怖いと思った。温和で優しそうな表情が消え、冷たい印象を持つのは、衣装のせい？

「野上さん、ここの担当ですか？」

「そう。最後の砦、ボスキャラってところ？」

いつもの優しげな笑顔にほっとした。

「すごく似合ってます。あかねも楽しみにしてたのに……」

あかね、と口にしたとたん、野上さんからすっと笑顔が消えて、無表情になった。

「ああ、残念だよ。急に別れたいなんて言いだして」

「え……あかねが？」

「そうだよ。もしかして、藤崎さんが何か言ったの？」

野上さんは、いらいらした口調で言った。そんなのは初耳だ。最近、様子がおかしいとは思ってたけど。

「どうしてそんなことを言うのか、ぜんぜんわからないんだ。ぼくに悪いところなんてないだろ？　これでもけっこうモテるんだ。あかねなんかに振られるなんて」

あかねなんかに、というところにカチンときた。

「とにかくさ、部活を休んでもいいから、頭を冷やせってあかねに言ったんだ」

じゃあ、今日あかねが休んだのは、風邪じゃなくて？

「なんの権利があって、野上さんはあかねにそんなことを言ったんですか⁉」

「当然だろ。つきあってるんだし、部長だし」

答えになっていないことも、野上さんにはわからないようだった。

「藤崎さんから、あかねを説得してよ」

「嫌です」

「どうしてっ」

野上さんに、ぐいっと腕をつかまれた。くっと歯を食いしばる。

「みんなが、来ますよ」

痛みを我慢して、じっとにらみ返した。目をそらしたら負けだと思った。

憎々しげにあたしの腕を放した野上さんが、にやっと笑う。

「そういえば、藤崎さんの父親って、失踪したんだって？」

眉をひそめた。

「家族を捨てて消えるなんて、すごいよなぁ。藤崎さんもたいへんだね、そんな無責任なお父さんを持って」

勝ち誇ったように言う。

嫌な感じが、こみあげてきた。

野上さんは、どんなことを言えば、相手にダメージを与えられるか知っている。そして、ダメージを受けた様を想像し、ほくそ笑んでいる。

「ぼくの父は医者でさ、たくさんの人のためになる仕事をしてるんだ。きみの父親とは、大違いだろ？　まぁ、比べものには……」

「そんなだから……あかねだって、傷つくんです！」

野上さんが、怪訝な顔をする。この人……本当にわからないんだ。

「親が立派だとか、家がお金持ちだとか、そういうの、野上さん自身とは関係ないですよね」

「だから何？　それってひがみ？」

野上さんの言葉に、あかねが元気をなくしていった理由がわかった気がした。

中村さんの言うとおり、野上さんは恵まれすぎているのかもしれない。

ふいに、ひとみさんの言葉を思い出した。

――本当のことを知りたけりゃ、ここで見るんだって、よおっく覚えときな。

あたしは、野上さんの外見しか見ていなかった。

「うちの父は、家族を捨てた、無責任でダメな人間かもしれない。でも、少なくとも……、言葉で人を傷つけるような人じゃありません！」

こんなふうに人を攻撃するような人は、あたしの周りにはいない。いてほしくない。

顔をゆがめた野上さんは、鼻でせせら笑った。

「ふん、きみもあかねもバカだな」

「失礼します」

あたしは外に出ると、扉を開いて勢いよく階段を駆け下りた。

今にも、ドラキュラが追いかけてきそうな気がする。

校舎の中は暗さが増して、自分の足音だけが響いた。あかねが心配で、野上さんにイラついて、足がもつれそうになる。

下の階から、「きゃー!」という叫び声と、バタバタと走ってくる音がした。

肝試しが始まったようだ。邪魔はできないと、遠回りを選ぶ。

野上さんがあんな人だなんて、ショックだった。知ってたら、あかねに近づけなかったのに。あたしの見る目ときたら……胸を、とんっとたたいた。

より暗い旧校舎に向かって走ると、じめっとした空気が足元から這い上がってきた。早くみんなのところに戻ろうと、ぐんっと速度をあげる。

廊下を曲がったとき、ふいに目の前が暗くなった。

「きゃっ!」

「う、わ！」

ぶつかって、重いものが覆いかぶさってくる。あわてて逃れようとすると、それは人間で……ユニフォーム姿の翔だった。

「なっ……」

びっくりして、言葉にならない。

「悪ぃ、こっち！」

翔はあたしの腕を引っ張ると、すぐそばの教室に飛びこんだ。

教卓の下にあるわずかな空間に滑りこみ、なぜかあたしもいっしょになって、身を潜ませた。

「何を……」

「しっ！」

真剣な顔の翔に、否応なく黙らされた。

「いたか⁉」

「いや、いない！」

数人のバタバタという足音とともに、そんな声が廊下のほうから聞こえてくる。あたしは、そっと翔の顔を見上げた。間近にとがったあごが見えて、顔を背けた。

あのとき以来だ。

頬に触れた唇のやわらかさを思い出し、体が熱くなる。翔は外の様子をさぐるように片ひざをつき、あたしの肩に手を回した。

翔のユニフォームから、グラウンドのほこりとひなたのにおいがする。少し会わなかっただけなのに、日焼けした腕はがっしりして、肩幅が広くなったような気がした。

あたしは体を硬くして、息を止めた。

今すぐ逃げ出したいような、ずっとこのままでいたいような気がする。

「翔のやつ、どこ行きやがった！」

声が近づいてくる。翔の手に力がこもり、あたしの肩をぐっと引き寄せた。

翔の胸に耳を押しつけ、心臓の音を聞いた。

温かい。

親やひとみさんとも違う。力強くて、大きなものに包まれているような安心感に満たされる。胸の奥にわだかまっていた何かが、ゆるゆるととけていき、あふれだしてしまいそうだった。

荒々しい声は、そのまま階段のほうに遠ざかっていった。

しばらく息をつめて、あたしと翔はじっとしていた。月明かりが、教室の中を照らしはじめる。ゆっくり顔を上げると、翔の目とぶつかった。

あのときの、投げやりでとげとげしい感じはなかった。

ただ優しく見つめられ、あたしは瞬きもせず、翔を見つめ返した。

永遠のような一瞬が通り過ぎ、ハッとして目を伏せる。

「あ、ごめん」

翔もあたしの肩から手を放した。

あたしと翔は教卓の下から出て、立ち上がると向かい合った。気まずさに、何を言っていいかわからない。

「どうして、こんなところで……」

うつむきながら、咎めるように聞いた。

「いや、野球部改革宣言を、部室に貼ったらさ」

「野球部改革宣言？」

「ああ。グラウンド整備は一年から三年まで交代ですること。自分のスパイクは自分で磨くこと、それから……」

あたしはあきれた。さんざん謝って戻してもらったはずなのに、もうそんなことをするなんて。

「まぁ、何度でも言いつづけるつもりだけど」

翔は野球帽を取ると、にやりと笑った。

「そっちは、何やってんだよ」

「今日、部活の肝試し大会で……準備が終わって、戻る途中」

「そっか」

会ったのが、ただの偶然であることがわかると、お互い言うこともなくなり、しんとした。

「……野球部に戻れて、よかったね」

「ああ。オレには、野球しかないから」

翔は、何かふっきれたような顔をしていた。以前にも増して、力強くまっすぐな目をしている。

「あのときは、悪かった」

そう言われて、胸がきゅっと苦しかった。あたしは、謝ってほしいわけじゃない。

じゃあ、どうしてほしいのか……自分でもわからない。

「空良が来なくなって、ひとみが心配してる。オレのことは嫌ってもいいから、ひとみのところには行ってやってほしい」

嫌っても、いいから……。

そう、なんだ。

月が雲間に隠れて、あたしと翔の間に影を落とした。

「うん、わかった」

「じゃあな」

あたしたちは互いに背を向けると、廊下の左右に分かれていった。


多くの一年生を泣かせて、大いに盛り上がり、肝試し大会は終わった。

みんながわいわいと騒いでいる間も、あたしの心は重く沈んでいた。翔の言葉が、いつまでも頭から離れない。

九時前ごろ、上北沢の駅に着いた。

帰宅する人たちが改札口を通り抜ける中、出たところに母が立っていた。

「迎えなんて、よかったのに」

母と話すような気分じゃなかったあたしは、歩調をゆるめずに通り過ぎた。

「いいじゃない、たまには。ゆっくり話す暇もないんだから」

そんなことを言いながら、後ろからついてくる。商店街は、ほとんどのお店が閉まっていた。ここら辺は、人の多さも活動時間も新大久保とまったく違うなと、無意識に比べている自分に気がついて嫌になる。

「ね、喉かわかない？」

そう言って母は、自販機に近づいた。

アルコールに弱いくせに、自分にはビールを、あたしにはソーダを買った。

母がビールのプルタブを起こすと、プシュッと小気味いい音がした。

あたしと母は、歩きながら飲んだ。口に含むと、シュワッと炭酸が広がって、パチパチとはじける。ほんのり香るレモンの味が、喉の奥にしみこんで、蒸し暑さが少しだけ和らいだ。

「何かあった？」

いきなり聞かれて、ごほっとむせ返った。以前は、何があっても気づいてくれなかったくせに。いざ聞かれると、答えたくない。

わぁっと、はしゃいだ声に振り向くと、家族連れが花火をしていた。明かりに照らされた顔は、どれも幸せそうに見える。しゃがみこんで、恐る恐る花火をのぞく、小さい背中がかわいかった。

「空良が小さいころ、うちもよく花火をしたね」

「そうだっけ」

「あれ、覚えてない？」

覚えているような、いないような……。ううん、やっぱり覚えていない。

「お父さん、空良と花火をやるために、一生懸命早く帰ってきたんだよ。お父さんのほうが、楽しみにしてたくらい」

父は、家族よりも機械に興味があると思っていたから、それは意外だった。

記憶の底をさぐっても、父と花火をしたことを思い出せない。それどころか、父の顔さえ、以前より薄れた気がする。父がいないことよりも、忘れてしまうことのほうが恐ろしいように思えた。

「この間……お父さんから、電話があったの。外国からだった」

あたしは驚いて立ち止まった。

「本当に、外国行っちゃったの!?」

「うん。びっくりした。まさか、まだ夢をあきらめてなかったなんて」

ぐいっとビールをあおる母は、お酒の力を借りるようにして続けた。

「謝ってたよ。黙って出ていって、悪かったって。でも、言えば反対されるって思ってたんだよね」

母が言葉につまった。

「それじゃ、帰ってくるの？」

「わからない。電気がしょっちゅう止まって、電話もつながっていないようなところにいるんだって。そんな場所でお父さんは、通信設備を作る、現場の仕事をしてるって。それが完成したら、孤立してた村が救われるんだって、夢中になって話すのよ。あんな弾んだ声、久しぶりに聞いたな」

赤くなってる母の目を、見ないようにした。

「あたしが、家にいないでって、言ったからかもしれない。それがきっかけで……」

ずっと、心に引っかかっていた。言わなきゃよかったと、何度も後悔した。

「バカね。それくらいで、こんな大それたことするわけないじゃない」

おかしそうに笑って、あたしの髪をくしゃっとなでる。

「家のローンを払い終わって、空良も大きくなって、自分の人生を考え直したのかも。このままでいいのかなって。何かひとつくらい、人のためになるようなことをしたかったのかな」

もしかしたら父は、本気で世界を救おうとしているのかもしれない。

「お父さんのこと、待つの？」

「さぁ。待たないかもしれないし、お父さんがいるその国に、訪ねていくかもしれない」

そう言って、あたしを見つめる。

「空良は、どう思う？」

「あたしは……」

ゆっくりと、湿り気のある空気を吸いこんだ。

「父親としては許せないし、ほんっとにムカつく。でも、一人の人間としてなら……、ちょっとは、尊敬できるかもね」

目をぱちくりさせた母は、ぷっとふきだして、あたしの肩に手を回した。

「空良ったら、いつの間にか大人になったみたい。お父さんも空良も自立しちゃったら、寂しいなぁ」

そう言って、夜空を見上げる。

「しばらく、二人でがんばろっか」

母とあたしは、まん丸い月を見上げた。


次の日、新しい朝が来た。

窓から差しこむ日の光とともに、目が覚める。

レースのカーテン、入学祝いに買ってもらった目覚まし時計、たいせつなものが入れてあるガラス瓶。

目に映るものすべてが美しく、きらきらと輝き、昨日までとは違って見えた。

なぜだろう、と思っていると、ドリップで落とすコーヒーのいい香りがしてきた。

母は何かを決心して、新しい生活を始めようとしている。

今日から、あたしが夕飯を作ろう。

あたしは、布団をはねとばし、飛び起きた。


その日も駅のホームで待ったけど、やっぱりあかねは姿を現さなかった。

昨夜は帰る時間が遅くなって電話できなかったから、あとでしてみようと思い、先に学校に向かった。

音楽準備室で一人、トランペットを取り出して組み立てていると、ガラッと扉が開いた。

「空良さん、おっはよ！」

「あかね！」

びっくりした。勢いよく飛びこんできたあかねは、元気そのものだ。

「いや〜、ごめんねぇ。今朝、寝坊しちゃって」

そう言って、アハハと笑う。安心すると同時に、むっとした。

「昨日はどうしたのよ。連絡くらいくれたって……」

そう言いながら、あかねの目がはれぼったいことに気がついた。

「あかね……泣いたの？」

「あ、わかっちゃった？　昨日の夜、ケリつけたんだ」

「ケリって……」

「たっちゃんと、きっぱり別れた」

「そう、なんだ」

あかねの気持ちを考えると複雑だけど、それ以上にほっとした。

「あれ？　驚かないの？」

「うん、まぁ」

あたしは、肝試しのとき野上さんと話したことを伝えた。

「そっか。やっぱり、別れてよかったな」

あかねの寂しそうな顔を見て、不安になる。

「後悔してるなら、まだ間に合うよ。『あかねを説得してよ』って言ってたし」

「何それ！」

やぁだ、なんて言いながら、あかねは大笑いしている。大笑いしながら、泣いていた。

「まぁ実際、わたしにはもったいないくらいの人だったんだけど。うち、栃木で農家やってたのに失敗しちゃって、代田橋のおばあちゃんの家に厄介になってるの。そのことがばれたら恥ずかしいなと思って、地元の中学に行かなかったんだよね」

そうだったんだ。

「お父さんもハローワークにお世話になってる最中だから、自由になるお金なんてぜんぜんないんだけど、たっちゃんにそのことを言えなくて……。スマホも、おばあちゃんから借りてるの」

ふふっと笑って、肩をすくめる。

ハローワークのことを聞いたとき、急によそよそしくなったことや、時折見せる寂しげな表情の理由がわかった気がした。

「あ～あ、こんなわたし、好きになってくれる人いないかぁ」

「何言ってんの！」

あたしは、正面からあかねを見据えた。

「あかねが引け目を感じるようなことは、何もない。あかねのいいところをわかってくれる人は、きっといる」

「空良さん……」

きょとんとしたあと、あかねがくすっと笑う。

「空良さんって、やっぱり強いな。だからわたし、空良さんと友だちになりたいって思ったんだ」

「何よ、いきなり」

「わたしって人の目ばかり気にしてるから、空良さんみたいに、誰に何を言われても平気な人が不思議だったの。でも、強さの理由が、わかった気がする」

あかねは、満足そうにうなずいた。

「だけど、さっきの言葉は、そのまま空良さんに返すよ」

「さっきの言葉って？」

「空良さんのいいところをわかってくれる人は、翔だと思う」

「そんな」

言いよどんだあたしは、昨夜のことを思い出した。

「翔は、オレのこと嫌ってもいいって、言ってた」

「なぁに、それ。空良さん、まさか、そんなの真に受けてるの？」

あかねは、あきれたように眉をひそめた。

「でも……」

「本心じゃないに決まってる。それに、空良さんの気持ちはどうなのよ」

「あたしの、気持ち？」

「そうだよ。空良さんはどうなの？　翔のこと、好きじゃないの？」

じっと見つめ返され、顔を伏せる。

あたしは、翔のことが……。

「もったいないな」

あかねがつぶやく。

「世界中に人はたくさんいるけど、高杉翔は、たった一人なんだよ」

ハッと顔を上げた。

そうだ。

ふてぶてしくて、図々しくて、まっすぐで、優しい翔は、世界でたった一人。

一人だけなんだ。

12. 東京コリアンタウン……藤崎空良

野球部は順調に都大会を勝ち進み、明日が準決勝、明後日が決勝戦となる。

そこで勝てば、全国大会出場だ。吹奏楽部は、準決勝から応援することになっている。

だから、その前に……。

明日の試合に備えて、今日は練習を早く切り上げるらしいと、あかねに教えてもらった。相変わらずの情報収集力だ。

あたしは新大久保の駅で降りて、いつも通っていた道を歩いた。

最後に来たときから、そんなにたっていないはずなのに、なぜか懐かしい気がする。

韓流アイドルの歌、パチンコ店の機械音、往来のざわめき。どうしてこの街に、あたしはこんなに惹かれるんだろう。

この街の名前も知らない人たちから、いろんなことを教えてもらった。

ここは、世界のどこかに吹いている風を感じさせる。

いつか、この人たちが住んでいた国を訪ねてみたいと思わせる。

喧噪から逃れて一本道を入っただけで、ひっそりとした住宅街になった。お城のようなホテルは昼間に見ると、崩れ落ちた壁や錆びついたバルコニーのせいで、廃墟みたいに見える。

「空良」

名前を呼ばれて振り向くと、コンビニの袋をさげたひとみさんが立っていた。Tシャツにスウェットっていうラフな格好だけど、やっぱりきれいだ。

こぼれ落ちるんじゃないかと思うほど目を大きく見開くと、みるみるその目がうるんでいった。道路にペットボトルが散らばるのもかまわず駆けよってきて、がばっと抱きすくめられる。

「空良……よかった。また、会えた」

ぎゅうっと腕に力がこもる。懐かしい、甘い香りだ。

「ひとみさん……苦しいよ」

そう言うと、やっとひとみさんは放してくれた。

「黙って来なくなっちゃって、ごめんね」

さまざまな思いがこみあげて、そう言うので精いっぱいだった。

「いいんだよ。みんな、たくさん傷ついても、生きてさえいれば、こうやってまた会えるんだから」

ひとみさんは、泣きながら笑った。生きてることも、出会いも、奇跡のように思える。

「ねぇ、翔は？」

聞くと、ひとみさんは二階を見上げた。

「引っ越しの準備、してると思うけど」

「引っ越し!?」

あたしは驚いて、もう一度見上げた。太陽の光がまぶしくて、顔をしかめる。

「行ってくる！」

あたしは、何か言おうとしたひとみさんを残して駆けだした。

引っ越しってどういうこと？

お父さんといっしょに暮らすの？

お母さんが見つかった？

それとも……。

さまざまな不安が頭をよぎり、アパートの階段を駆け上がった。

一段上るたびに、翔との思い出がよみがえる。

明大前のホーム、歌舞伎町、新大久保。

あんなふうに出会わなかったら、会話を交わすことさえなかったかもしれない。

光の中に、きらきらとほこりが舞っていた。廊下に、翔の声が漏れ聞こえてくる。

「ったく、ひとみ、おっせーなぁ」

近くにいるというだけで、胸がきゅっと締めつけられた。

開きっぱなしのドアに一歩一歩近づき、玄関をのぞこうとすると、いきなり翔が出てきた。

「おわっ！」

ぶつかりそうになって、翔がのけぞった。

「空良……」

驚いた顔で、きょとんとしている。

「何やってんだ？」

「翔こそ、引っ越しって」

「ああ、隣のやつが国に帰るっていうから、手伝ってるんだ」

あ……。

引っ越しって、翔じゃないんだ。

よく見るとそこは隣の部屋で、すっかり勘違いしていたようだ。翔は手すりから身を乗り出すと、道路でうろうろしているひとみさんを見つけて手を振った。

「ひとみぃ、上がってきていいぞー」

そう言うと、翔は人差し指を上に向けた。

「ここ、屋上があんだよ」

翔のあとについて、狭(せま)い階段(かいだん)を上っていく。

「あー、やっぱ暑いなぁ!」

屋上にはさえぎるものがなく、真っ白に乾(かわ)いたコンクリートの照り返しがきつかった。

「ここから見る景色が、好きなんだ」

そう言って、周りをぐるりと見渡(みわた)す。新宿(しんじゅく)のビル群(ぐん)、家々の屋根、新大久保のホテルや歓(かん)楽街(らくがい)、それにたくさんの人が見えた。それは間違(まちが)いなく、日本の東京の景色だけれど、どこか異国(いこく)のようにも見える。

「オレ、母親のこと、調べてみようと思う」

「え……」

突然(とつぜん)のことに、あたしは息をのんだ。

「じゃないと、オヤジやこの街と、ちゃんと向き合えないような気がする。もう、逃(に)げないって決めたんだ」

翔が、急に大人びて見えた。

「オレがオレであることに、変わりはないから」

「……あたしも、そう思う」

あたしも。

翔のように、この街で生きる人たちのように、自分らしく生きたい。

優しい風が、髪をすり抜けていった。

「あたしは、翔のこと……」

言いかけて、口ごもる。

翔がこちらを見て、次の言葉を待っていると思うと、ますます声にならなかった。

「あの……」

やっぱり言えなくて、うつむいてしまう。どうして、肝心なことは言えないんだろう。

ほかにも言いたいことは、たくさんあるのに。

父のこと。母のこと。

そして、翔のこと。

思いだけがあふれだし、口をふさいでしまう。

翔が、ふっと笑った。

「オレ、そらが、好きだなぁ」

「え？」

驚いて顔を上げると、翔が気持ちよさそうに空を仰いでた。

太陽の光を全身で受け止めながら、ゆっくりと深呼吸している。

「晴れの空も、曇りの空も、雨降りの空も、大好きだ」

頭上には、突き抜けるような、青く澄みきった空……。

そらって、そっち!?

少しむっとして、そしたらなんだかおかしくなって、思わず笑いがこみあげてきた。

たくさんの思いも、言いたいことも、少しずつ伝えていけばいい。きっと翔は、いっしょに怒ったり笑ったりしながら聞いてくれるだろう。

「なぁ、トランペット、吹いてくれよな」

翔が、空を見上げながら言った。

「そしたらオレ、絶対に打つから」

「うん」

真っ青な空に、白い球が吸いこまれていく。

そんな景色を、翔と見たいと思った。

そして目を閉じれば、異国の風が吹いてくる。

東京コリアンタウンで生きる人たちの、エネルギーあふれるざわめきを感じた。

工藤純子（くどう　じゅんこ）

東京都生まれ。「恋する和パティシエール」シリーズ、「ピンポンはねる」シリーズ、『モーグルビート！』『モーグルビート！再会』（以上、ポプラ社）、「ミラクル★キッチン」シリーズ（そうえん社）など著書多数。
日本児童文学者協会会員。全国児童文学同人誌連絡会「季節風」同人。

セカイの空（そら）がみえるまち

2016年９月28日　第１刷発行
2018年12月３日　第３刷発行

著者……………工藤純子（くどうじゅんこ）
発行者…………渡瀬昌彦
発行所…………株式会社講談社
〒112-8001
東京都文京区音羽2-12-21
電話　編集　03-5395-3535
販売　03-5395-3625
業務　03-5395-3615

装幀……………大岡喜直（next door design）
装画……………くろのくろ
印刷所…………豊国印刷株式会社
製本所…………島田製本株式会社
本文データ制作……講談社デジタル製作

N.D.C. 913　239p　20cm　ISBN978-4-06-220218-3